이형석 퓨전 판타지 장편소설

WISHBOOKS FUSION FANTASY STORY

스킬의 제왕

스킬의 제왕 11

이형석 퓨전 판타지 장편소설

초판 1쇄 찍은 날 | 2018년 6월 19일
초판 1쇄 펴낸 날 | 2018년 6월 26일

지은이 | 이형석
펴낸이 | 예경원

기획 | 위시북스
편집책임 | 이규재
편집 | 이즈플러스

펴낸곳 | 예원북스
등록번호 | 제396-2012-000132호
1.1.1.1.1.1. 등록일자 | 2012. 7. 25
KFN | 제1-275호

주소 | 경기도 고양시 일산동구 호수로 646-24 위너스21 II 빌딩 206A호 (우)10401
전화 | 031-819-9431 팩스 | 031-817-9432
E-mail | yewonbooks@naver.com

ISBN 979-11-6098-987-8 04810
      979-11-6098-466-8 (set)

이형석 퓨전 판타지 장편소설

WISHBOOKS FUSION FANTASY STORY

스킬의 제왕

완결

11

Wish Books

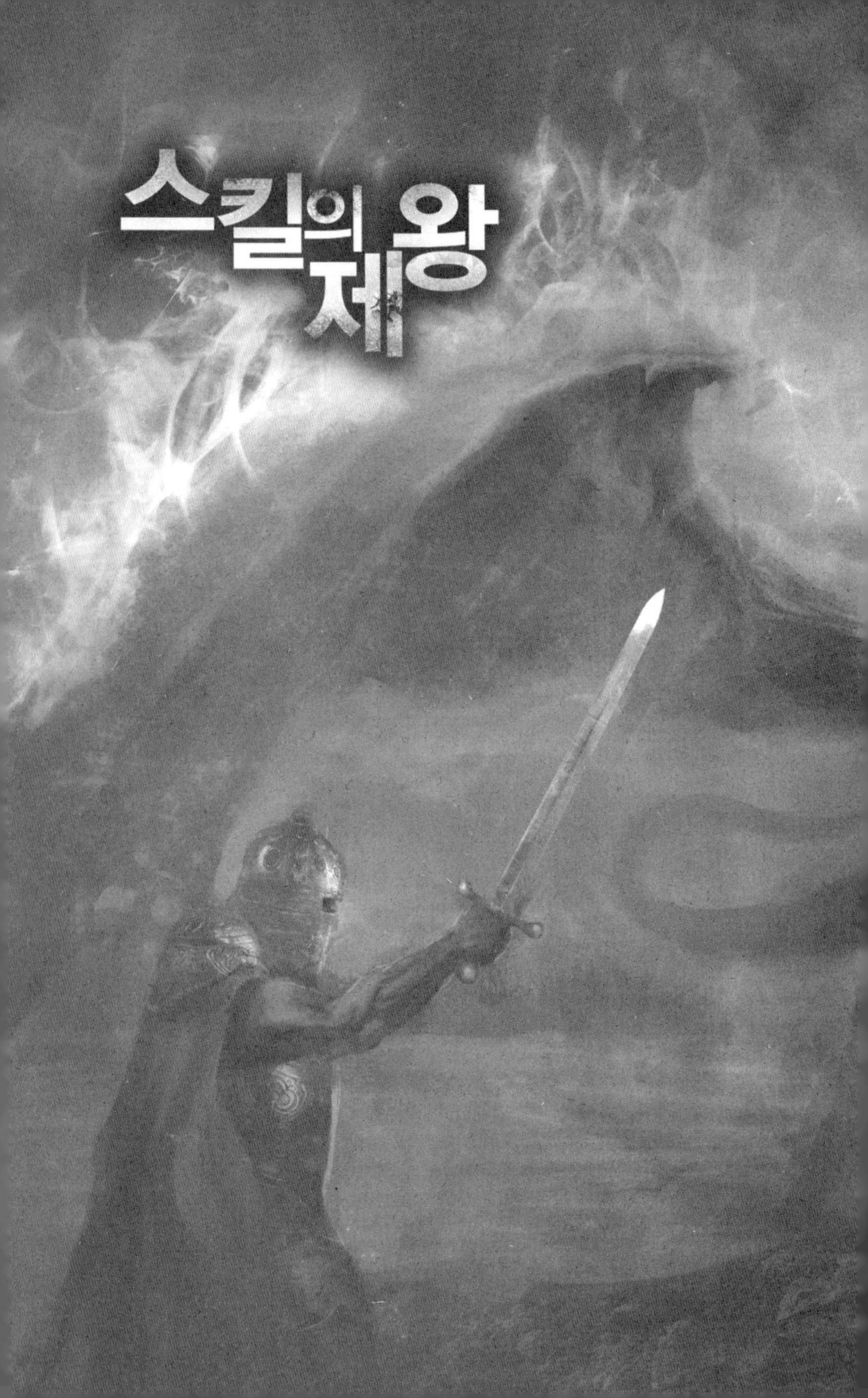
스킬의 제왕

CONTENTS

91장 반신 계약   7

92장 독식(獨食)   33

93장 마도기병   73

94장 엘프군 전투   99

95장 피의 무게   163

96장 파렐(Pharel)   189

97장 드디어   215

98장 신류대전(1)   241

99장 신류대전(2)   269

100장 돌아오다   295

에필로그   319

91장
반신 계약

무열은 사원 앞에서 자신을 기다린 듯 서 있는 디아고를 바라봤다.

표정은 없었지만 그의 머릿속은 빠르게 회전하고 있었다.

'예상했던 것보다 빠르다. 하지만 그건 저 녀석의 상황이 그만큼 급박한 것이라는 뜻이겠지.'

무열은 설원 마을에서 카토 치츠카로부터 그가 타락을 얻게 된 이유에 대해서 들을 수 있었다.

"신의 대리자. 락슈무의 자식들 중 하나인 디아고는 다른 반신(半神)들과 달리 자신이 그 위치에 오르고자 하는 욕망을 보였다. 그는 락슈무의 명 아래 움직이는 척하지만 그 내면엔 자신의 뜻을 따라줄 인간을 찾고 있다."

카토 치츠카의 단순한 추측일지 모른다. 하지만 지금까지의 경위를 본다면 그 가능성을 배제할 수 없다.

가장 큰 단서는 바로 타락(墮落).

태초부터 지금까지 억겁의 시간 속에서 유일하게 신의 힘에 반(反)하는 힘인 타락은 전생(前生)에서는 사용되지 않은 힘이었다.

불멸회가 타락의 힘을 이용해 마법 병사를 만들었지만 제대로 된 외지인과 토착인의 교류가 없었던 그때는 그 힘을 이용할 생각조차 하지 못했었다.

락슈무의 입장에서는 그것을 바랐을지 모른다. 타락이야말로 그녀에겐 존재해서 좋을 것이 전혀 없는 힘이었으니까.

최대한 감추고 숨기고자 했던 힘.

그 힘을 세상 밖으로 알린 것이 바로 디아고였다.

어쩌면 그의 행위 자체가 락슈무에게는 눈엣가시 같은 일일지 모른다.

'자율 의지.'

다른 자식들과 달리 디아고는 균열의 힘을 안고 태어났다.

'그가 원하는 것이 무엇인지 정확히 파악하는 것이 중요하다.'

무열은 디아고가 카토 치츠카에게 제안을 했다는 것을 알고 있다.

비전의 샘에서 자신과 조우했을 때 아마 그는 카토 치츠카와 비슷한 제안을 그에게도 하려 했던 것일지 모른다.

'다시 나를 찾아왔다는 건 결국 자신이 가진 선택지의 최선이 다시 나라는 것이겠지.'

한 차례 거절을 했음에도 불구하고 자존심 강한 그가 무열을 다시 찾아왔다. 이것 하나만으로도 무열은 이 거래의 우위를 자신이 취하고 있다는 것을 알았다.

"날 방해하러 왔나."

무열은 자신의 생각을 숨기며 넌지시 물었다.

"방해라니. 나는 그저 인간이 여기까지 알아낸 것에 대해 감탄하고 있을 뿐인데."

그는 무열이 들고 있는 라시스의 정수를 가리키며 말했다.

"2대 광야의 진실을 알아낸 게 칸 라흐만이란 인간이라지? 낚시꾼. 솔직히 그 클래스를 만들었을 때 반신반의했거든."

"클래스를 만들다니? 낚시꾼이란 직업을 네가 만들었다는 말인가?"

"아니, 내 둘째 누이가 만들었지. 그녀는 사실 종족 전쟁에 관심도 없거든. 그저 심심풀이로 만든 직업이었는데 이렇게 깊이 관여하게 될 줄은 몰랐지."

"……."

"세븐 쓰론은 어머니께서 만드셨지만 그녀는 자식들에게

하나의 직업을 창조하는 것을 허락하셨다. 그럼 락슈무의 열렬한 신봉자인 첫째, 아니기온이 만든 직업이 뭘까?"

디아고는 가볍게 웃었다. 무열은 그런 그를 바라보며 딱딱한 얼굴로 말했다.

"······청기사?"

"정답."

마치 똑똑한 학생을 바라보는 선생님처럼 그는 어울리지 않는 흐뭇한 표정으로 무열에게 말했다.

"대부분의 직업은 경기장이라든지 붉은 첨탑처럼 정해진 전직 장소에서 얻게 되지. 하지만 때론 전직이 필요 없이 능력 여하에 따라 진화하는 직업들이 있다. 그건 네가 더 잘 알 테지. 너의 권세에도 그런 직업을 가진 자가 꽤 있으니까."

칸 라흐만을 비롯해서 흑참칠식(黑斬七式)을 익힌 필립 로엔, 어쌔신이란 직업을 가진 진아륜 등······ 확실히 평범한 전직을 한 사람들은 아니었다.

"그럼 네가 만든 직업은 뭐지?"

"뭘 것 같지?"

기대에 찬 눈빛으로 자신을 바라보는 디아고의 모습이 무열은 역겨웠다. 질문의 답을 고민할 필요가 없었기 때문이다.

락슈무의 자리를 노리는 그가 그녀에게 도움이 되는 직업을 만들었을 리가 없다.

직접적으로 영향력을 주진 못하겠지만 조금이라도 규율에서 어긋날 수 있는 직업.

단 하나였다.

"히든 이터(Hidden Eater)."

"큭…… 크큭."

디아고는 무열의 대답에 즐거운 듯 낮은 웃음소리를 터뜨렸다.

"카토 치츠카를 히든 이터로 만든 것도 네 녀석의 짓이냐."

"그럴 리가. 히든 이터는 누가 준다고 해서 얻을 수 있는 직업이 아니다. 그가 선택했고 그에 따른 보상으로 타락(墮落)을 습득할 수 있게 만든 것뿐. 락슈무가 만든 규율에서 어긋나는 행위는 한 치도 하지 않았다."

"그 어떤 직업도 자신의 목숨을 갉아먹지 않는다."

"언제나 예외는 있는 법이지."

디아고는 아무렇지 않게 말했다.

인간과 닮았지만 그 역시 결국은 신의 삶에 더 가까운 데미갓(Demi-God). 그의 입장에서 한낱 인간의 죽음 따윈 사소한 일에 불과할 뿐이었다.

"너 역시 마찬가지고. 안 그래? 네가 가진 능력이 도대체 몇 개지?"

딱.

디아고가 손가락을 튕기자 푸른 창이 생성되며 오로지 개인만이 볼 수 있는 상태창의 스테이터스가 나타났다.

이름 : 강무열

랭크 : A(Max)

직업 :

　패스파인더 & 화염의 군주

　소울 이터 & 마력 통치자

근력 : 1,880 민첩 : 2,359

체력 : 1,650 마력 : 3,680

정령력 : 6,450 암흑력 : 4,600

창조력 : ????

"정말 말도 안 되는 수치야. 패스파인더의 능력으로 히든 클래스를 4개나 독점한 것도 모자라 인간으로서 익힐 수 없다고 생각했던 창조력까지."

그는 흥미로운 표정을 지으며 무열의 수치를 하나하나 읽어 내려갔다.

숨겨졌다는 의미의 히든(Hidden)이지만 그것 역시 결국은 락슈무가 만든 세상 속의 규율에 불과한 것.

예상은 했지만 자신의 상태를 낱낱이 보는 것에 마치 알몸이 된 것 같은 기분이었다.

디아고가 할 수 있는 것이라면 락슈무 또한 당연히 할 수 있는 것일 터.

"게다가 정령력은 또 어떻지? 정령의 힘은 정령과의 관계에 의해서 생성되는데, 네 명의 정령왕과 계약한 너는 이미 인간의 한계를 초월했지. 게다가 이제 남은 2대 광야까지 흡수한다면…… 현신의 망토가 없어도 반신의 반열에 오르기 충분하겠어."

그는 씨익 웃었다.

"어때? 우리의 막내로 들어오는 게."

"집어치워."

"큭큭……."

"신의 대리자란 위치는 시간이 남아도나 보군. 쓸데없이 남을 훔쳐보기나 하고 말이야."

디아고는 천천히 사원을 내려와 무열의 앞에 섰다.

"이 정도론 락슈무를 죽일 수 없다."

"……."

내색하지 않았지만 그의 말에 무열의 눈빛이 가볍게 떨렸다.

"단도직입적으로 말하지. 2대 광야를 얻고 나서 너는 어떻게 할 거지? 마지막 남은 광풍(狂風) 사미아드를 찾을 건가? 원한다면 알려줄 수 있지. 어려운 일도 아니니까."

디아고는 고개를 가로저었다.

"확실히 정령왕들은 과거에 락슈무에게 반기를 들었지. 하지만 그들의 힘으로 신을 죽일 수 있을 거라 생각해?"

그는 무열을 향해 냉소를 지었다.

마치 그가 계획하고 있는 것을 모두 알고 있다는 투로 말했다.

"계약을 맺지 않은 본연의 힘으로도 패배했던 자들이다. 분열이 있다고 해도 각각의 힘이 락슈무에게 미치지 못하는 것이 사실."

[……뭐?]

[감히 반신 주제에 시건방진 소릴……!!]

그의 말이 끝나자마자 정령왕들의 노기 어린 목소리가 들렸다.

하지만 무열은 차분한 어조로 말했다.

"신의 대리자인 네가 그런 말을 입에 담아도 되나?"

"설마, 위험한 짓을 내가 할 리 있겠나. 이곳이 락슈무의 힘이 미치지 않는 정령계이기에 가능한 거지."

"정령계이기 때문에 신이 네가 하는 일을 알지 못할 거라고? 신이라는 존재가 그 정도밖에 안 되나?"

"신(神)의 형상 역시 신이 만든 거니까. 부풀려진 경향이 있지."

"……뭐?"

"신의 전지전능함은 세계의 구성에 대해서 인간이 알 리가 없기 때문에 할 수 있는 믿음이거든."

딱.

디아고는 손가락을 튕겼다.

그러자 마치 상급 지도 제작 스킬을 획득했을 때 만들 수 있는 지도처럼 커다랗고 반투명한 빛으로 된 형상이 나타났다.

카드를 뿌리는 것처럼 손바닥을 맞잡았다가 위아래로 펼치자 네모난 형상이 주르륵 길어졌다.

기다란 직사각형의 형상은 빌딩처럼 각 층으로 나뉘어 있고 각각은 저마다 다른 모습을 하고 있었다. 그리고 양쪽 끝은 마치 잘린 것처럼 흐릿하게 남아 있었다.

"너는 좀 더 생각을 확장할 필요가 있다. 이 거대한 탑이 차원이다. 그리고 이들 중에……."

디아고는 층이 나누어진 직사각형의 형상 중 하나를 끄집어냈다.

"고작 이 작은 하나가 우리가 알고 있는 세계다. 이 안에 세븐 쓰론, 정령계, 천계, 아이언바르 등…… 소위 말하는 차원이 모두 들어 있는 거지."

무열은 파이를 잘라놓은 것처럼 잘린 층의 단면을 바라봤다.

"이 한 칸이?"

"그래, 너희가 아는 신이란 결국 이 한 구역의 관리자라고 볼 수 있다. 지금까지 생각했던 모든 세계의 범위를 한 단계씩 높이면 이해하기 편하겠지."

무열은 끝을 알 수 없이 빼곡하게 만들어져 있는 탑의 한 부분을 바라보며 생각했다.

'이렇게 많은 차원이 뭉쳐져 만들어진 것이 진짜 세계…….

그렇다면…….'

그의 눈동자가 흔들렸다.

세계의 경계를 새로이 알게 되어 놀란 게 아니었다. 그토록 높게만 느껴졌던 신. 유일무이한 존재로 생각했던 그녀가 사실은 그저 수많은 차원 중 하나에 군림하고 있을 뿐이라는 것.

'그녀 위에 또 다른 존재가 있을 수 있다.'

무열은 디아고의 말에 지금까지 생각했던 추측을 확신으로 돌릴 수 있었다.

'신도 완벽한 것은 아니다.'

자율 의지를 가지며 신의 규율에서 자유로워지려는 디아고라는 존재도, 자신이 회귀를 하게 된 것도.

'나의 회귀가 락슈무조차 알지 못하는 그 이상의 무언가 때문에 일어난 일이라면…….'

그렇다면 말이 된다.

만약 락슈무라는 신이 모든 것을 관장하는 것이라면, 일개 인간에 불과한 자신이 회귀한 사건을 그녀가 모를 리 없을 테니까. 그녀의 계획과 달리 역사를 마음대로 바꾸는 것을 그냥 둘 리 없었다.

단순한 변수(變數).

그 정도로만 자신을 생각했을 가능성이 높다.

"원하는 건?"

무열의 한마디에 디아고는 묘한 웃음을 지었다.

"세븐 쓰론에 있는 모든 자가 원하는 건 단 하나 아닌가?"

"……."

그는 하늘 위를 가리키며 말했다.

"권좌(權座)."

날카로운 그 웃음은 무열조차도 서늘하게 만들었다.

얼마나 오랜 세월을 걸쳐 준비한 것일까.

백 년, 이백 년 정도의 단위가 아니다.

디아고는 태어나서 지금까지 감춰왔던 욕망을 처음으로 끄집어냈다.

"네 계획만으로는 실패한다. 내가 너에게 종족의 권좌를 주겠다. 대신…… 내가 신의 권좌에 오를 수 있도록 도와라."

무열은 당당하게 말하는 디아고를 바라봤다.

"네가 날 돕겠다고?"

"그렇다."

'역시……. 카토 치츠카, 네 말대로다. 우리의 진짜 계획을 고작 저런 녀석이 알아차릴 리 없지.'

그러고는 만족스러운 표정으로 고개를 끄덕였다.

"좋다. 그러기 위해선 네가 먼저 내게 결과를 보여줘야겠지."

"물론. 기대해도 좋다."

그의 말에 자신만만한 표정으로 디아고는 그가 내민 손을 잡았다.

'그래, 기대하마. 이놈이나 저놈이나 모두 내 손으로 끝내줄 테니까.'

❀

동부 전선(東部戰線).

와아아아아아－－－!!

와아아－－!!!

매캐한 불꽃의 냄새, 심장을 울리는 폭음과 사방에 흐르는 피.

이곳이야말로 진실 된 전장(戰場)이었다.

북부 7왕국의 수장, 벤퀴스 번슈타인은 치열한 진투 속에서도 상황을 읽은 듯 자신의 책사이자 동생인 아론 번슈타인에게 소리쳤다.

"아론, 준비는?!"

"끝났습니다. 거정 마십시오!!"

전쟁터와는 거리가 멀었던 깨끗한 외모는 더 이상 볼 수 없었다.

여기저기 상처와 그을음으로 엉망이 된 모습으로 그는 악에 받친 듯 외쳤다.

콰직……!!

그는 있는 힘껏 눈앞에 있는 악마의 목에 검을 꽂아 넣었다.

그때였다. 아론의 뒤를 노리던 악마가 쓰러졌다.

"……!!"

"조심하세요."

악마병의 양쪽 쇄골에 두 자루의 쇼트 소드를 박아 넣으며 쓰러진 악마를 밟고 일어서는 소년. 그의 눈빛은 마치 매처럼 날카롭게 빛났다.

고개를 든 아론은 자신보다 훨씬 작은 체구의 그에게서 느껴지는 기에 깜짝 놀라지 않을 수 없었다.

"레빈……?"

그렇다.

놀랍게도 그는 트라멜에 인질로 보냈던 번슈타인가(家)의

셋째, 레빈 번슈타인이었다.

"형님, 트라멜의 지원군이 곧 오고 있습니다. 조금만 더 전선을 압박하시기 바랍니다."

아직 성년이 되지 않은 나이임에도 불구하고 갑옷 사이로 보이는 탄탄한 근육들.

아론의 기억 속에 허약하기만 했던 열두 살의 동생은 온데간데없이 사라졌다.

"변했구나."

"트라멜에서 대장군과 함께 훈련받는 것을 주군께서 허락해 주셨습니다."

레빈의 말에 아론은 쓴웃음을 지었다.

'주군이라······.'

북부의 최강자라 불렸던 번슈타인가(家)였지만 이제는 한 사람을 섬기는 가신이 되었으니까.

하지만 레빈의 얼굴에는 한 치의 아쉬움도 보이지 않았다.

"그분은 단순히 왕이 되고자 하는 자가 아니라는 걸 아시지 않습니까."

"녀석, 눈썰미마저 좋아졌구나."

"그분께서는 볼모로 잡혀왔던 저와 휴에게 말했습니다. 우리가 해야 할 일은 전력을 다해 자신을 돕는 것, 그리고 외지인이 모두 사라진 뒤에 주인이 없는 대륙이 다시 혼란에 빠지지 않게 바로잡는 일."

"너와 휴에게 그런 말을 했다고?"

"그렇습니다."

콰드득……!!

레빈은 악마병의 창을 피하며 허리를 숙였다. 자세를 낮추고 반원을 그리듯 단검을 휘두르자 악마의 척추에 정확히 검이 꽂혔다.

퍽!! 퍼퍽……!!

순식간에 그는 검을 뽑아 다시 한번 어깨, 그리고 목덜미에 연속으로 찔러 넣었다.

피가 튀기는 것도 아랑곳하지 않고 주요 부위를 노리는 그 모습은 아직 힘이 부족한 그에게 가장 적합한 전투법이었다.

얼마나 많은 수련을 했을까.

물 흐르듯 자연스럽게 움직이는 그의 모습에 아론은 감탄을 금치 못했다.

"물론, 튤리 가문에게 대륙의 패권을 그냥 넘겨줄 생각은 없습니다. 그저 아직은 때를 기다리는 것뿐."

레빈은 눈을 번뜩였다.

"종족 전쟁에서 살아남지 못한다면 북부 통일은커녕 이곳에서 인류가 사라질 테니까요."

도대체 트라멜에서 어떤 일이 있었던 것일까.

풍기는 기운이 달라졌다. 한없이 어리게만 봤던 그가 고작 1년 사이에 왕의 자리를 경합할 만큼의 아우라를 품고 있었으니까.

"주군은 저희들에게 그렇게 말했습니다. 최대한 자신을 이용하라고. 뛰어넘을 수 있을 만큼. 뭐, 그렇다고 해도 그 남자를 죽일 엄두는 못 내겠지만요."

레빈은 단검에 묻은 피를 닦으며 말했다. 아론은 적이 될지도 모르는 자를 키우고자 했다는 무열의 대범함에 전장임을 잊고 혀를 내둘렀다.

"어디에 정신이 팔려서 그렇게 멍하니 있는 거지?"

"죄송합니다."

"정신 똑바로 차려. 여긴 전장이다. 죽음이 완전히 비켜가는 자는 없다."

카르곤을 몰아 달려온 번슈타인은 아론의 옆에 서 있는 레빈에게 눈길을 주었다.

"오랜만이구나."

"네, 형님."

그 역시 레빈에게 눈이 닿았다. 하지만 기세가 변한 레빈의 모습에 놀란 아론과 달리 벤퀴스는 그다지 신경을 쓰지 않는다는 듯 말했다.

"제법 싸울 자세가 된 것 같군. 너도 도와라. 질 기억해라,

지금뿐이니까. 악마군의 수장인 백귀(百鬼) 아쉬케를 끌어들일 수 있는 순간은."

끄덕.

레빈은 고개를 끄덕였다.

변함없이 당당한 벤퀴스의 모습은 가히 번슈타인가(家)의 최고 권위자의 위엄이라 말해도 부족함이 없었다.

"코어가 재생되기 전까지 악마군은 움직이지 못한다. 우리는 최혁수가 만든 진법으로 나머지 거점을 모두 파괴한다."

"알겠습니다."

"외지인들이 싸우고 있다. 우리는 토착인으로서의 의지를 보여줘야 한다. 이 땅이 그들의 것이 아닌 우리의 것임을."

"네!!!"

벤퀴스 번슈타인의 말에 병사들은 일제히 고개를 끄덕이며 소리쳤다.

그가 검을 번쩍 들어 올렸다.

우우우웅……!!

그러자 용공검(龍攻劍)의 금빛 아우라가 마치 섬광처럼 전장을 가로지르며 빛났다.

콰가강---!!

있는 힘껏 검을 내려치자 날카로운 검기와 함께 터널을 막고 있던 악마 병사들이 강렬한 폭음과 튕겨져 나갔다.

"돌격!!!!"

와아아아아아아---!!

와아아아---!!

벤퀴스 번슈타인의 외침에 병사들이 일제히 터널 안으로 달리기 시작했다.

그때였다. 그의 그림자가 일렁거렸다.

하지만 함성과 요란한 전투 소음에 전장은 아비규환이었다. 그 누구도 소리 없는 그림자가 움직인다는 것을 눈치챈 사람은 없었다.

주르륵......!!

그 순간, 벤퀴스의 그림자가 마치 고무를 잡아당겨 늘어나는 것처럼 길게 늘어나더니 그의 뒤에서 그를 덮칠 듯 커졌다. 검은 장막 안에 붉은 눈동자가 보였다.

존재를 알아차렸을 때는 이미 도망칠 수 없었다.

"위...... 위험......!!"

다급한 레빈의 외침이 들렸다.

황급히 벤퀴스 번슈타인은 잡고 있던 대검을 틀어 옆으로 베려 했지만 어느새 그림자 속에서 튀어나온 또 다른 검은 줄기들이 그를 휘감아 잡아버렸다.

병사들이 일제히 달려들었지만 검은 장막은 마치 연기와 같아 그들의 공격은 허공을 가를 뿐이었다.

장막 속 숨겨진 날카로운 이빨이 그의 목덜미를 물어뜯으려는 찰나.

서걱.

날카로운 소리와 함께 지금까지 그 어떤 공격도 통하지 않던 검은 장막이 마치 두부 잘리듯 천천히 갈라졌다.

촤아아악……!!

벤퀴스의 얼굴에 붉은 피가 흩뿌려졌다.

조금 전까지 연기 같았던 장막이 잘려 나가는 순간 마치 먹물처럼 액체가 되어 바닥에 쏟아졌다.

"정신이 팔려서 그렇게 멍하니 있으면 안 되지, 벤퀴스."

"……!!"

툭.

둔탁한 뭔가가 그의 발치에 떨어졌다.

둥근 공처럼 생긴 그것이 빙글 돌아 그의 앞에 멈추자, 놀랍게도 눈조차 감지 못한 채 입을 벌리고 있는 얼굴이 나타났다.

악마군 8대 장군 중 한 명 영아귀(影牙鬼), 크란.

그는 천천히 고개를 들었다. 너무나도 자연스럽게 악마군의 수뇌부 중 한 명을 죽인 장본인은 이미 그것 따윈 안중에도 없다는 듯 다음 타깃을 노리고 있었다.

은은하게 느껴지는 정령의 냄새가 피비린내가 진동하는 전장의 공기를 정화시키고 있는 것 같았다.

"감사합니다."

벤퀴스 번슈타인은 황급히 카르곤에서 내려 무릎을 꿇었다.

"제법 훌륭한 생각이다. 악마군을 상대하기에는 지금이 적기일 테니까. 나머지 병력들은 다른 전선에 투입되어 병력이 부족했는데."

그는 자신의 목숨을 구해준 남자를 바라봤다.

누군지 모를 리 없다.

8대 장군을 단칼에 벨 수 있는 남자는 대륙에서 흔치 않을 테니까.

아니, 이 정도로 깨끗하게 벨 수 있는 사람은 단 한 명.

강무열뿐이었다.

"일어나. 아직 싸움이 끝나지 않았다."

무열은 벤퀴스를 지나쳐 걸어갔다. 그러고는 넌지시 말했다.

"뭐 해? 이곳의 지휘관은 너잖아."

그 순간, 그곳에 서 있던 번슈타인 삼형제는 인정하지 않을 수 없었다. 자신들의 힘을 모두 합쳐도 눈앞에 있는 남자는 이길 수 없다는 것을.

"바이칼, 듣고 있겠지."

무열은 터널을 바라보며 말했다.

─물론, 말해.

"이신우에게 연락해서 당장 이곳으로 오라고 해. 그리고 그의 형인 이대범도. 아마 그는 타투르에 없을 테니 이신우에게 묻든 아니면 정보망을 동원해서는 찾노록 해."

─그 바람술사를 말하는 거지? 내 기억이 맞다면 그의 형은 권세에 합류하지 않겠다고 하지 않았어?

"인류가 죽게 생겼는데 힘이 있는 자가 도망치면 어떻게 해? 거절한다면 끌고라도 와야지."

─……그자를 끌고 오려면 강찬석 정도는 와야 하지 않을까 싶은데.

무열은 바이칼의 말에 피식 웃었다. 타투르에서부터 완력으로 유명했던 이대범의 소문을 바이칼이 모를 리가 없었기 때문이다.

"걱정 마라. 이대범이라면 이미 움직이고 있을 테니까. 네피론 둥지 위주로 소란스러운 곳이 있는지 확인해 봐. 근처에 그가 있을 확률이 높다."

─네피론? 비룡이 있는 곳을 말하는 건가?

"그래."

─으흠, 알겠다. 네가 말하는 거라면 확실하겠지. 그쪽으로 사람을 보내겠어.

"좋아."

무열은 자신을 향해 다가오는 악마군을 바라보며 생각했다.

'첫 번째는 너희들이다.'

그가 검을 뽑자 그의 검날이 검게 물들기 시작했다.

우우우웅⋯⋯!!

전장을 휩쓰는 을씨년스러운 느낌. 지금까지와는 전혀 다른 힘이 검에서 느껴졌다. 빛과 어둠이 공존하는 힘이었다.

벤퀴스 번슈타인은 그 힘이 어디에서 나오는 것인지 단번에 알 수 있었다.

2대 광야(光夜).

무열은 그 힘을 느끼며 기분 좋게 말했다.

종족 전쟁의 다음 희생자.

"너희들이다."

"설마⋯⋯?"

위그나타르는 자신도 모르게 저 멀리서 느껴지는 기운에 소스라치게 놀라며 고개를 들었다.

"그렇게 넋을 놓고 있어도 괜찮을까."

"⋯⋯."

그러나 정작 자신의 뒤에서 들려오는 목소리에는 무표정한 얼굴로 고개를 돌렸다.

엘프군 거점 한가운데에 세운 탑이었다. 자신의 본진 안으로 습격해 온 적을 감지했음에도 불구하고 그의 얼굴은 그다지 놀란 표정이 아니었다.

"너도 느꼈을 텐데. 특히, 너에게는 그와 같은 진한 냄새가 나니까."

"알다마다. 그가 결단을 내렸다는 증거지. 그러니 나도 그에 부응을 해야겠지."

자신 있는 목소리.

어둠 속에서 얼굴을 가린 로브를 벗으며 카토 치츠카는 말했다.

"위대한 마법의 마지막 조각을 내놔."

위그나타르는 그에게 눈을 흘기며 고개를 저었다.

"결국 인간들은 이런 결정을 내린 건가."

그는 품 안에서 회색 교장에서 회수한 석판 조각을 꺼내었다.

맨 위에는 커다란 탑의 일부가 그려져 있었다.

석판은 전체를 모두 담을 수 없는 듯 탑의 일부만이 그려져 있었는데 그건 무열의 검 손잡이에 각인되어 있는 문양과 똑같은 모양이었다.

그리고 디아고가 무열에게 보여준 세계의 구성 역시 이와 똑같은 탑 모양이었다.

석판의 한 귀퉁이에 작은 글씨로 쓰여 있는 단어.

파렐(Pharel).

카토 치츠카는 잠깐이지만 그 글자에서 눈을 떼지 못했다.

그의 등장에도 불구하고 위그나타르는 여전히 석판을 내려다보며 쓴웃음을 지었다.

"……당신 말대로군, 검귀."

하지만 결코 쉽게 내어줄 생각은 없었다. 위그나타르는 석판을 테이블 위에 내려놓으며 도발적인 목소리로 말했다.

"뺏을 수 있다면 뺏어봐라. 전쟁이란 그런 것이니까. 안 그래?"

92장
독식(獨食)

전장(戰場).

세븐 쓰론에 징집되어 십수 년을 버텼지만 무열에겐 여전히 익숙지 않은 곳이었다.

아니, 익숙해지면 안 되는 곳이라 생각하기 때문에 익숙해지려 하지 않았다.

'돌아간다.'

처음엔 오직 그것 하나뿐이었다. 하지만 지금은 단순히 돌아가는 것이 끝이 아니다.

언제고 또 이런 일이 벌어질 수 있다.

굴레를 끊어버리겠다는 의지.

쿠우우우우우……!!

고개를 들어 하늘을 바라봤다. 상공에선 드래곤들이 커다랗게 선회를 하며 악마군 전선 위를 돌아보고 있었다.

어쩐 일인지 본 드래곤으로 다시 태어난 나르 디 마우그를 필두로 엘프군 진영에 있어야 할 세 마리의 용이 전선을 비운 채 이곳으로 합류했다.

"시작한다."

나지막한 무열의 말이 모두에게 울려 퍼졌다.

바이칼 가르나드의 염화령 불꽃이 파르르 떨리자 그의 정신감응을 통해 군대를 이끌고 있는 장수들이 일제히 외쳤다.

마족 전선(魔族戰線).

"돌격하라!!"

필립 로엔의 외침과 동시에 정민지의 용족들이 날카로운 쐐기 형태로 돌입하기 시작했다.

지금까지 엎치락뒤치락하던 전선의 형태가 일순간에 무너졌다.

"내가 합류한 덕분이라고. 고맙게 생각해라."

용족과 더불어서 세븐 쓰론에서 드래곤의 피를 이어받은 또 다른 종족, 알라이즈 크리드가 이끄는 '붉은 부족'이 전선에 합류하자 압도적으로 전선을 압박하기 시작했다.

그는 저 멀리에 있는 정민지를 향해 혼잣말을 중얼거렸다. 수 킬로미터가 떨어져 있어서 들릴 리 없음에도 불구하고 그는 신이 난 듯 마족 병사의 목을 비틀면서 생각했다.

둔탁한 손가락에 껴 있는 반지가 반짝였다.

"뵙게 되어 영광입니다. 정령계에 가신다고 들었습니다. 그곳에서 소용이 있을지는 모르겠으나 도움이 되었으면 합니다."

알라이즈 크리드는 정민지와 함께 천공성을 무너뜨린 무열을 만나기 위해 찾아왔다.

그의 환심을 사려면 충분한 거래를 해야 했다. 그렇게 생각한 물건이 바로, '생명의 불꽃'.

그가 얻었던 아이템 중 가장 값어치가 높은 물건이었다. 사실상 붉은 부족이 가진 화염 속성을 다루기 위해서라면 그에게도 필요한 것이었지만 권좌의 왕인 무열의 눈에 들기 위해선 이 정도 투자는 아까울 것이 없었다.

"살아 돌아간다면 현실에서 나는 보잘것없는 평범한 사람에 불과하다. 당신 입장에선 휀 레이놀즈에 비한다면 꽤나 손해 보는 일이 되어버렸지."

"하하……."

그런 자신의 생각을 꿰뚫어 본 걸까.

무열은 그가 건넨 반지에는 눈길조차 주지 않고서 말했다.

"부든 명예든 살아서 돌아가야 하지 않겠습니까. 뭐…… 돌아갈 수만 있다면 당신은 더 이상 평범한 사람이 될 순 없을 겁니다. 당신을 싫어하는 사람도 분명 있겠지만 적어도 수십억 인구를 구한 영웅이란 걸 부정할 순 없을 테니까요."

"영웅이라……."

무열은 그 말에 가볍게 입꼬리를 올렸다.

"자네 머릿속엔 돌아가서 날 이용할 계획을 이미 세운 모양이로군."

알라이즈 크리드는 전신을 훑는 소름이 느껴졌다.

"이용이라니요. 어느 시대나 영웅은 필요한 법이니까요. 검을 들고 싸우지 않아도 말이죠."

"돌아가지 못할 거라고는 생각하지 않는가 보군?"

순간 그는 대답을 머뭇거렸다.

"모두 똑같은 생각이지 않겠습니까."

"자신 있나 보지?"

"자신 없으십니까?"

그때였다.

"……!!!"

알라이즈 크리드는 빨려 들어갈 것 같은 무열의 눈동자 속에서 느낄 수 있었다. 자신과는 비교도 할 수 없을 강무열이라는 남자의 투지를.

무열은 피식 웃으며 대답했다.

"반지는 나보다 네가 쓰는 게 더 나을 거다. 마족과의 싸움에서 필요할 테니까."

"……."

"전장이란 생과 사를 두고 한 치 앞도 모르는 곳. 어쩌면 그 반지 덕분에 위험한 순간에서 살아날 수 있을지도 모르잖아."

"하하…… 그렇게 말씀하신다면……."

그는 한순간이지만 거래의 대상으로 저울질을 했던 자신의 오만을 탓할 수밖에 없었다.

"감사히 쓰도록 하겠습니다."

그는 꺼내놓았던 반지를 다시 거둬가며 허리를 굽혔다. 자신의 물건을 가지고 강무열이 오히려 은혜를 베푸는 입장이 되어버렸다.

지금까지 살면서 이렇게 완벽한 패배감은 처음이었다.

그리고 신기하게 희열이 느껴졌다.

우드드득……!!

회상을 끝낸 알라이즈 크리드는 전장에서 또 한 명의 마족 병사를 짓밟으며 전방을 바라봤다.

어쩌면 세븐 쓰론에서 마지막 도박일지 모른다.

'잭팟이 터질지 안 터질지는 어디 두고 보겠어.'

그 순간, 염화령의 불꽃이 흔들리면서 무열의 목소리가 들렸다.

—……시작한다.

두근.

무열의 명령이 떨어지자마자 알라이즈 크리드는 심장이 울리는 느낌을 받았다.

그가 정령계에서 돌아온 것도 놀라운 일이지만, 짧은 순간에 무모할 정도로 말도 안 되는 전술을 내놓았을 때 전선에 있는 모든 사람은 경악하지 않을 수 없었다.

'진심으로 할 생각이군.'

고개를 들자 저 멀리 떨어져 있는 정민지와 눈이 마주쳤다.

"하…… 하하……!!!"

그는 웃음을 참을 수 없었다.

먹구름이 낀 것처럼 하늘이 어두워지기 시작했다.

그 순간, 전율(戰慄)이 느껴졌다.

'정말 강무열은 종족 전쟁을 끝낼 생각이야. 그것도 단 하루 만에.'

알라이즈 크리드는 있는 힘껏 외쳤다.

"돌격――!!!"

엘프 전선(Elf-戰線).

"드래곤이 모두 사라졌습니다!!"

"어떻게 된 일이지?"

약속이라도 한 듯 입구를 막고 있던 드래곤들이 전선을 이탈했다. 수호장들은 혼란스러울 수밖에 없었다.

"위그나타르는?"

"그게…… 지휘는 모두 가드리엘 님께 위임한다고 하시고 잠시 자리를 비우셨습니다."

"뭐?"

부하의 보고에 가드리엘은 날카롭게 눈을 흘겼다.

'도대체…… 그 남자, 무슨 생각을 하는 거지?'

명분은 충분했다. 엘븐하임에 있던 영혼샘을 거점에 소환하기 위한 준비 작업.

그리고 그것이 완성되었을 때 위그나타르의 지휘 아래 엘프군은 자신들을 막고 있던 드래곤에게 검을 드리웠으니까.

하지만…….

그녀는 차가운 목소리로 부하에게 말했다.

"……추적은?"

"조금 전 성채에서 나가신 뒤로 계속 확인 중입니다."

"무슨 일이 있으면 바로 보고하도록 해. 그의 실력은 말하지 않아도 알 테니까 최대한 거리를 유지하고."

"알겠습니다."

"……수호장의 리더를 믿지 못하시는 겁니까."

그때였다. 그녀의 옆에 서 있던 남자가 떨리는 목소리로 물었다. 가드리엘은 돌아보지도 않고서 대답했다.

"확인할 필요가 있기 때문이야. 엘븐하임에서 여왕님의 호위를 대신하던 너까지 부른 이유가 그 때문이니까."

그 말에 남자의 눈빛이 떨렸다.

인간의 수명보다 훨씬 더 오래 사는 엘프의 외모는 나이를 먹어도 그다지 변하지 않지만 그녀의 앞에 있는 남자는 확실히 다른 엘프들에 비해 어려 보였다.

쿠엘 칸 티누비엘.

살해당한 킬덴 칼 티누비엘의 아들이자 공석이었던 수호장의 자리를 이어받은 청년이었다.

"위그나타르가 무슨 생각을 하고 있는 것인지 알지 못하지만 절대로 우린 이 전쟁에서 져서는 안 돼."

수호장에 오른 지 얼마 되지 않은 젊은 무장은 가드리엘의 말에 긴장한 표정으로 고개를 끄덕였다.

그때였다. 대륙 전역의 하늘이 정전이라도 된 것처럼 갑자기 어두워졌다. 그리고 그 어둠은 옅은 빗무리와 섞이며 마치 안개가 낀 것처럼 한 치 앞도 볼 수 없게 변했다.

"이, 이게 어떻게······."

"마법?"

"말도 안 돼. 분명 드래곤은 모두 사라졌는데 도대체 누가 이런 대규모 마법을······."

병사들이 혼란에 빠지기 시작했다.

빠득.

'이렇게 제대로 싸워보지도 못한 채 돌아갈 순 없다. 이제 막 대등하게 싸울 수 있게 되었는데 갑자기 본 드래곤이 나타나질 않나······. 엘븐하임의 존속을 위해서라도 만족할 만한 결과를 내야 해.'

흩날리는 빛무리가 어둠 속에서 마치 그들에게 길을 만들어주고 있는 기분이었다.

함정(陷穽).

본능적으로 느껴지지만 가드리엘은 선택해야 했다.

더 이상 위그나타르를 믿을 수 없다.

그녀는 입술을 깨물며 낮은 목소리로 말했다.

"진격한다."

"농무(濃霧)의 위력은 대단하군."

바로 앞도 확인할 수 없을 만큼 짙은 안개를 바라보며 진아륜은 답답했던 복면을 내리며 말했다.

"난 술법보다 저게 더 놀라운데. 최혁수가 3차 전직을 하고 나서 얻은 능력이라고 했지?"

그의 옆에 선 천륜미는 마치 길을 유도하는 것처럼 안개 속을 유유히 떠다니는 빛무리를 바라보며 말했다.

"그래, 요정(Fairy). 저것들이 최혁수의 환술의 위력을 몇 배나 더 끌어올려 주고 있어."

빛처럼 떠다니는 요정들의 날개가 펄럭일 때마다 농무의 안개가 더욱더 짙어지고 있었다.

"하지만……."

천륜미는 자신의 뒤에 서 있는 갈까마귀들을 잠시 바라보고는 말했다.

"대단하다는 말로 표현이 안 되는 힘도 있지."

"맞아."

진아륜은 고개를 끄덕였다.

술법을 위한 쐐기를 설치하라는 명령을 받았을 때만 하더라도 반신반의했다. 잠입하는 것도 어려운데 해가 떠 있는 오후에 떨어진 명령이었으니까.

하지만 그들이 숲에 도착했음을 알리는 순간 마치 기다렸다는 듯 하늘은 어두워졌고 숲은 암흑으로 뒤덮였다.

천륜미는 눈앞에서 펼쳐지는 말도 안 되는 현상을 바라보며 혼잣말을 중얼거렸다.

"……대장은 신이 되어 돌아온 건가?"

악마족 전선(惡魔族戰線).

새까맣게 어두워진 하늘을 바라보며 무열은 잠시 침묵했다.

[어때, 기분이. 네가 한 일이다. 조금은 들뜨지 않아?]

검 살해자에 깃든 힘을 바라보며 무열은 침묵했다.

[마치 신이 된 기분이지 않아?]

"시끄러워."

[훗…….]

속삭이듯 들리는 디아고의 음성은 마음에 들지 않았지만 부정할 수 없었다.

"……."

디아고는 한 가지 제안을 했다.

아무리 반신이라 하지만 그 역시 락슈무가 만든 규율에서 벗어날 수는 없었다.

그렇기 때문에 고안해 낸 계책. 규율에서 벗어나지 않으면서도 가장 신에 가까운 힘을 얻을 수 있는 방법. 세븐 쓰론에서 힘을 얻는 방법은 간단하다.

바로, 퀘스트(Quest).

어려운 퀘스트일수록 보상 역시 커진다.

디아고는 그와의 계약에서 무열이 지금까지 클리어하지 못한 유일한 퀘스트 하나를 제시했다.

그건 전생(前生)에서조차 그 누구도 그 끝을 보지 못한 유일무이한 것이었다.

"사실 이건 너이기 때문에 가능한 편법이지. 어쩌면 네가 나와 계약을 할 운명이었을지도 모르겠어."

"운명? 신의 대리자라면서 그런 말을 잘도 하는군."

"크큭……."

"재해 추적자라는 칭호를 가지고 있더군. 세븐 쓰론에서 흑암을 막았지?"

10가지 재해(Ten Disasters).

"원래대로라면 이건 클리어가 불가능한 퀘스트야. 처음부터 어머니께서 실패하도록 만들어 놓은 거니까."

"어째서?"

"글쎄, 신이 하고자 하는 일을 어찌 반쪽짜리가 모두 알겠어. 하지만 분명한 건, 처음부터 종족 전쟁이 일어나기 전에

10가지 재해를 모두 실행하지 않을 생각이었다는 것. 깊은 뜻이 있는 걸 수도 있고 아니면 단순한 변덕일지도 모르지."

그는 어깨를 으쓱하며 말했다.

"……."

셀 수도 없이 많은 사람이 죽어 나갔던 재해를 너무나도 가볍게 말하는 그를 보고 있으니 속이 뒤틀리는 기분이었다.

"그걸 어떻게 클리어할 수 있도록 하겠다는 거지?"

"대리자인 우리는 신과 똑같은 능력을 가지고 있지만 인간에게 직접적인 영향을 끼칠 수 없다는 규율로 인해 능력을 사용함에 있어서 오직 어머니의 말씀을 따를 수밖에 없다. 정말 뭣 같은 규율이지. 그게 완전한 신과 반신의 차이겠지만."

"그런데?"

"그 말은 곧 10가지의 재해를 내가 발생시킬 수 있다는 뜻이며 그것을 공략하는 방법 역시 알고 있다는 뜻이기도 하지."

무열은 그를 바라보며 말했다.

"재해를 발생시키는 것은 락슈무의 명령이 있어야 가능하다면서?"

"물론 그렇지. 세븐 쓰론이라면."

디아고는 무열의 물음에 기다렸다는 듯 말했다.

"하지만 여긴 아니잖아?"

그가 천천히 입꼬리를 올리자 숨겨져 있던 날카로운 송곳니가 번뜩였다.

"재해를 막음에 있어서 공적에 따라 보상 역시 달라지지. 각설하고…….'

마주 잡았던 디아고의 손이 점차 붉어지기 시작했다.

"첫 번째 재해, 혈(血). 모든 물은 피로 바뀌며 생명의 근원인 물은 이제 죽음의 상징이 되어 세계를 물들일지어다."

마치 성서의 구절을 외우는 것처럼 그가 낮은 목소리로 읊조리자 정령계가 지진이 일어나는 것처럼 흔들리기 시작했다.

쿵…… 쿠쿵……!!

하늘에서부터 땅까지, 세상이 역전된 것처럼 정령계가 변하기 시작했다.

디아고는 무열을 향해 웃으며 말했다.

"지금부터 모든 재해를 독식(獨食)해라."

❋

"이게…… 뭐지?"

마족 4기사 중 한 명인 프로켈은 갑자기 어두워진 하늘 위에서 떨어지는 핏방울을 바라보며 의아한 표정을 지었다.

혈우(血雨).

마계에서조차 볼 수 없는 이상 현상에 그는 손바닥을 들어

비를 받았다.

그때였다.

"아아아악……!!"

"아악……!!"

갑자기 여기저기에서 터져 나오는 비명에 프로켈은 황급히 고개를 돌렸다.

하늘에서 내리는 핏빛 빗방울을 맞은 병사들이 고통에 찬 비명과 함께 얼굴을 부여잡고 바닥을 구르고 있는 게 아닌가.

치이이익…….

그 순간.

빗방울이 닿은 프로켈의 손에서 염산을 뿌려 타들어 갈 때 생기는 새하얀 연기가 솟구쳐 올랐다.

"뭔가 이상하다. 서둘러 병사들에게 방어에 집중하라고 전달해라. 전선에 전투를 벌이고 있는 홍각이 돌아올 수 있게 퇴로를 확보하도록."

"알겠습니다!!"

프로켈은 내리는 비를 바라보며 이를 갈았다.

용족과 붉은 부족의 합류로 밀어붙였던 전선이 점차 뒤로 밀리기 시작했다. 승리를 너무나도 당연하게 생각했던 인간군에게 계속해서 패하자 그의 마음은 다급할 수밖에 없었다.

'4기사 중 벌써 둘이 죽었다. 이대로라면…… 마왕님을 뵐

낯이 없다. 그분은 더 이상의 패배를 용서하지 않으실 테니까.'

이제 곧 마계의 권좌에 오른 하가네가 세븐 쓰론에 모습을 드러낼 것이다.

4기사 중 한 명인 아가레스가 무열에게 죽임을 당한 뒤, 마족들은 세븐 쓰론을 공략하는 것에서 하가네가 소환될 수 있도록 차원문을 지키는 쪽으로 전략을 바꾸었다.

'천공성마저 무너졌다. 어느 정도 질책을 받는다 하더라도 거점을 보호하는 것이 최선이야.'

자존심이 상하지만 프로켈은 전면보다는 유지를 선택했고 인간군이 날뛰는 것은 탐탁지 않으나 악마군이나 엘프군에 비해 자신들의 상황이 유리하다고 여겨 언제든 반전을 꾀할 수 있을 거라 생각했다.

우드득.

하늘에서 떨어지는 핏방울들이 갑자기 결빙(結氷)하면서 단단한 우박이 되었다.

붉은 우박들은 마치 미사일처럼 병사들의 온몸을 관통하며 떨어졌다.

"컥……!!"

"크아악……!!"

마족의 마법사들이 실드(Shield) 마법을 시전했지만 그들의 방패를 비웃기라도 하는 듯 우박은 너무나도 쉽게, 마치 종이를 뚫는 것처럼 마법을 뚫고 병사들의 심장에 박혔다.

전황은 프로켈의 생각과 전혀 다르게 돌아가고 있었다.

'도대체 갑자기 이게 무슨……?'

말 그대로 이건 재해였다. 마법이나 검술로 해결할 수 있는 일이 아니었다.

"후퇴하라!!!"

본진을 수비하던 프로켈은 황급히 자신의 창, 아우둠 (Audhum)을 치켜세우며 소리쳤다.

우우우웅……!!

새하얀 창날이 마치 등대처럼 어둠 속에서 빛나자 놀랍게도 병사들의 혼란이 점차 진정되기 시작했다.

그때였다.

어둠 속을 뚫고 들리는 목소리가 있었다.

"너로군, 4기사 중 한 명이."

"……?!"

프로켈은 귓가에 울리는 소리에 황급히 고개를 돌리며 창을 휘둘렀다.

스아아앙……!!

타닥……! 타다다닥……!!

창날에 닿은 우박들이 요란한 소리를 내며 사방으로 튕겨져 나갔다.

프로켈은 손잡이를 잡아당기며 창두를 원을 그리듯 크게 회전시켰다.

순간 소용돌이가 일었다. 동시에 그는 본능적으로 질주하 듯 튀어 나가며 창을 찔렀다.

퍼엇!!!

쏟아지는 우박 속에서 그의 몸이 둔탁한 소리와 함께 크게 흔들렸다.

턱이 위로 들리며 질주하던 창이 멈칫했다.

"컥……?!"

프로켈의 허리가 급격하게 꺾이며 뒤로 주르륵 밀려 나 갔다.

콰아아앙……!!

충격을 이기지 못하고 뒤에 있던 성채에 처박히고 나서야 그는 가까스로 멈춰 설 수 있었다.

그의 입가에서 붉은 피가 한 줄기 흘러내렸다.

손등으로 그걸 닦을 새도 없이 콰직-!! 하는 날카로운 소리 가 이어졌다.

"이 개……!!"

허리에 베인 상처와 함께 자신의 옆구리를 뚫고 무너진 건 물에 박힌 기다란 창을 바라보던 그는 노기 어린 목소리로 앞 을 바라봤다.

좌아악-!!!

있는 힘껏 창을 뽑아내어 바닥에 던진 그는 바닥의 잔해들을 걷어차며 일어섰다. 하지만 그의 무릎은 곧게 서기도 전에 바닥에 다시 박혔다.

우지끈.

어깨를 짓누르는 힘에 프로켈의 어깨 갑옷이 산산이 박살 났다.

"큭!!"

그가 비틀거리며 주저앉자 그를 밟고 있던 다리가 사정없이 안면을 후려쳤다. 공격은 거기서 끝나지 않았다. 남자는 처박힌 그의 얼굴을 양손으로 잡아당겨 다시 한번 무릎으로 올려쳤다.

정신을 차릴 수 없을 정도로 이어지는 난타에 터져 나오는 프로켈의 비명. 그에 병사들이 일제히 그를 향해 달려들었다.

"누구냐!!!"

"프로켈 님을 보호하라!!!"

"적의 침입이다!!"

그러나 병사들의 외침은 그다지 오래가지 못했다.

조금 전 프로켈이 던진 창을 주워 든 남자가 호를 그리듯 머리 위로 한 바퀴 회전시키자 강렬한 충격파가 주위의 병사들을 튕겨냈다.

"……누구냐."

가까스로 진정이 되었던 혼란은 갑작스러운 습격에 더욱더 심해졌다.

떨어지는 핏빛 우박 속에서도 아무렇지 않은 듯 서 있는 남자는 프로켈을 향해 말했다.

"창을 받으러 왔다."

콰즉.

"무슨 개소리…… 아아아아악……!!!"

대답 대신 프로켈의 어깨에 거침없이 창날이 박혔다. 떨어지는 우비가 그의 전신을 태우듯 고통스럽게 때렸다.

"목숨도."

서걱.

우박이 바닥에 부딪히는 요란한 소리에 묻혀 어깨에 박힌 창이 프로켈의 목을 베는 소리도, 그의 비명도 들리지 않았다. 어쩌면 그 창술이 너무나도 깔끔해서 프로켈은 자신의 목이 떨어진 것조차 인지하지 못했을지도 몰랐다.

투둑…… 투두둑…….

요란하게 내리는 우박들.

하지만 마족들을 고통스럽게 만드는 우박이 프로켈의 앞에 서 있는 남자에겐 아무런 영향을 주지 않는 듯 보였다.

남자는 잠시 고개를 들었다.

"핏빛 우박이라……. 지독하군. 첫 번째에 이어 일곱 번째 재해까지 불러들인 건가. 꼭 하늘에서 내리는 지옥비 같아."

며칠 전까지만 하더라도 치열하게 싸웠던 전선은 한순간에 이둠과 함께 무너졌다

"공격하라!!!!"

"성채를 무너뜨려!!"

"단숨에 차원문까지 점령한다!!"

저기 멀리서 들려오는 함성들.

인간군의 병력이 사정없이 마족 병사들을 베며 밀고 들어오기 시작했다.

저벅- 저벅- 저벅-

마치 생화학 무기를 터뜨린 것처럼 고통스러워하는 수만 명의 병사 사이를 유유히 걸어갔다.

"……."

전쟁에서 적을 죽이는 건 당연한 일이다. 그럼에도 불구하고 남자는 탐탁지 않은 표정을 지었다.

남자는 프로켈의 옆에 놓여 있는 아우둠(Audhum) 잡았다.

노승현, 그는 굳은 얼굴로 생각했다.

'강무열, 네 힘에 죽어가는 목숨은 우리들 중 그 누구도 이뤄낼 수 없는 숫자겠지. 너는 영웅이다. 하지만 반대로 악귀마저 되기로 결심한 건가.'

하지만 그 역시 이런 생각을 하면서도 무열을 말릴 수 없다는 것을 알고 있기에 따를 수밖에 없었다. 그가 없다면 이런 완벽한 승리를 할 수 없을 테니까.

전쟁이란 그만큼 이기적인 것이다. 불안해하면서도 결국은 그걸 이용하는 자신의 나약함을 노승현은 인정하지 않을 수 없었다.

'부디 마음이 흔들려 카토 치츠카의 믿음을 저버리지 않길 바랄 뿐.'

─문제가 생긴 듯싶다.

"왜 그러지?"

─네피론의 둥지에 갔던 병사들의 소식이 끊어졌다.

"……그게 무슨 말이야?"

─염화령(念火令)의 스킬로는 영상까지 확인할 수 없어서 소리로만 들었는데, 그곳에 이대범 말고 다른 자가 있었던 모양이다.

"다른 사람? 그럼 이대범은?"

무열은 바이칼의 말에 살짝 인상을 찡그리며 물었다.

─마지막 보고에 의하면 격전이 있었던 것 같아. 네피론 둥

지가 완전히 파괴되었다고 하던데……. 그 안에 있던 비룡도 모두 사라졌고.

생각지 못한 보고에 무열은 의아함을 감출 수 없었다.

현시점에서 네피론의 둥지를 공략할 수 있는 사람은 3차 전직을 끝낸 랭커들뿐이다. 게다가 시기상 그곳에 서식하는 섬은 비룡을 컨트롤할 수 있을 정도로 고레벨의 테이머가 존재할 리 없었다.

'이대범의 경우는 그가 가진 엄청난 근력과 직업상의 히든 스테이터스인 복종(Obedience)이 있기에 가능한 일이었다.'

단순히 비룡과의 싸움이라면 둘 중 한 명의 흔적은 남아 있어야 했다.

그가 비룡을 굴복시키든 사냥에 실패하든 말이다.

'누군가의 난입. 어떤 자가 네피론의 둥지까지 갈 수 있을까.'

그곳은 결코 쉽게 도달할 수 있는 던전이 아니었다.

'최소 S랭커 이상. 3차 전직을 한 정도의 실력자가 아니면 둥지까지 가는 것도 불가능한 일이다.'

—2시간 전에 마지막 보고를 끝으로 척후병의 보고도 끊어졌어. 지금 당장 다시 사람을 보내겠지만……. 이상한 스킬을 쓰는 남자라고 하더군.

"이상한 스킬?"

-온몸이 불타는 것처럼 붉게 변하다가 마지막엔 강철처럼 단단하게 변했다나?

무열은 바이칼 가르나드의 설명에 불현듯 떠오르는 것이 있었다.

'신무화경(神武化境).'

전생(前生)에 이강호가 썼던 심법, 그리고…….

'이정진.'

그가 얻었을 가능성이 높은 스킬.

생각지도 못한 소식에 무열은 눈을 찌푸리며 말했다.

"혹시 그동안 조태웅의 소식을 들은 건 없었어? 라엘 스탈렌이 있던 시기쯤에 성도로 향했을 테니 네가 그곳에 있을 때일 텐데."

-글쎄……. 당신이 얘기했던 자들은 사람들을 풀어서 계속해서 찾고는 있었지만 감쪽같이 사라졌더군. 특히 베이 신의 경우는 권세까지 있던 자가 부하들조차 내팽개치고 말이야.

"……."

무열은 주먹을 쥔 손이 움찔거림을 느꼈다.

"혹시 이대범과 싸웠던 자가 다른 스킬은 쓰지 않던가?"

-다른 스킬이라……. 글쎄, 이게 스킬인지 정확히 모르겠지만 격전의 흔적 뒤에 꼭 거대한 주먹으로 잡아 뜯은 것 같은 상처들이 벽면에 있다더군.

"그리고?"

─아쉽게도 알아낸 건 거기까지. 그 후로 연락이 끊긴 걸 봐서는 무슨 일이 생긴 게 분명한데……

'뜯기 상처? 설마…… 발산호권(發散虎拳)……?'

바이칼의 보고로 이대범과 싸움을 벌인 자가 이정진이라는 것을 확인했을 때에도 무열은 이렇게 놀라워하지 않았다.

하지만 발산호권은 조금 전 자신이 물었던, 행방불명된 조태웅의 스킬이었다.

'이정진이 설마 그 스킬마저 흡수했다는 말인가.'

만약 그렇다면 조태웅의 생사도 불분명해진다.

─좋지 않은 느낌이 든다.

콰득.

바이칼 가르나드의 말에 무열은 담담한 표정으로 악마군의 목을 베며 말했다.

"상관없다. 얼마든지."

그의 검에는 일말의 망설임도 없었다.

오히려 우스웠다.

이정진은 전생에서도 별 볼 일 없는 남자였다. 조태웅을 이긴 것은 의외였지만 이제 와서 그자가 난입한다 하더라도 달라질 건 없었다.

'살쾡이가 아무리 이빨을 세워도 결국은 살쾡이일 뿐이

니까.'

무열은 차가운 눈빛으로 눈앞의 적들을 향해 병사들에게
말했다.

"모두 죽여라."

와아아아아아아아───!!!

와아아아───!!!

그의 검 살해자가 살아 있는 것처럼 울기 시작했다.

[크…… 크큭. 가차 없군.]

"적일 뿐이다."

어디선가 자신을 보고 있을 디아고를 향해 그는 나지막하
게 말했다.

경고하듯, 혹은 부탁을 하는 것처럼.

그는 악마병을 베어 넘기며 말했다.

"죽고 싶지 않다면 막지 마라."

그런 그를 바라보며 만족스러운 듯 디아고는 말했다.

[그래, 그래야 '재해 포식자(災害捕食者)'라 할 수 있지. 열 개
의 재해를 모두 먹어 치워 몸 안에 두었으니.]

무열은 키득거리는 그를 향해 말했다.

"닥쳐."

그 순간, 그의 검에 또 다른 악마가 쓰러졌다.

타닥…… 타다닥…….

타다닥…….

운석이라도 떨어진 것처럼 전장에 거대한 구멍이 있었다. 그 안으로 마치 벌집처럼 수많은 작은 구멍이 보였다. 모두 연결되어 있던 터널의 단면이었다.

"이건…… 말 그대로 압살(壓殺)이라고 해야겠네요."

거인이 주먹으로 내려친 것처럼 파헤쳐진 지하 통로를 바라보며 최혁수는 혀를 내두르고 말았다.

"이걸 주군께서 혼자 하셨단 말이지?"

"네."

"……."

그의 말에 오르도 창 역시 할 말을 잃은 듯 침묵하고 말았다.

악마족 전선에서 무열의 명령으로 갈까마귀들이 엘프 전선으로 이동했고 강찬석이 이끌던 무악부대는 마족 전선으로 옮겨갔다.

주력 부대가 빠진 시점에서 추가된 병력은 북부 7왕국의 병사들이었다.

수는 가히 몇만의 대군이었지만 토착인으로만 구성되어 있는 그들은 사실상 악마들과의 전투에서 외지인에 비해 무력

할 수밖에 없었다. 뿐만 아니라 전선에 남아 있던 병력은 오르도 창이 이끌던 남부 부족들뿐이었으니 상황은 더했다.

전선을 유지하던 오르도 창은 갑작스러운 병력 이동에 의아해했지만 악마족 전선에 최혁수가 직접 참가함을 확인하고는 이유가 있다고 예상했다.

하지만…….

그 예상이 이런 식으로 이뤄질 것이라고는 전혀 상상하지 못한 일이었다.

"악마족들은?"

"코어가 완성되기 전에 터널이 모두 파괴되었으니 사실상 전멸이라고 봐야겠죠."

"승리했다…… 라고 해야 하는가."

"그렇죠."

두 사람의 대화에서 그 어떠한 기쁨도 느껴지지 않았다. 많은 사상자를 냈던 전선이 붕괴되고 적이 사라졌음에도 말이다.

"오르도, 북부 5부족이 전선에 참가한 지 얼마나 되었지?"

"전선에 투입된 건 약 두 달 정도였지만 터널이 생성되고 본격적인 전투가 시작한 건 약 한 달 정도 되겠군."

그의 옆엔 또 한 사람이 있었다. 다름 아닌 북부 7왕국의 수장인 벤퀴스 번슈타인이었다.

"피해는?"

"7만 정도의 병사가 죽었다. 부상자는 20만이 족히 넘겠지."

"그건 외지인들이 빠져나가기 전일 테고."

"그래."

오르도 창은 고개를 돌렸다. 어째서 그런 걸 묻는 것인가 하는 표정이었다.

벤퀴스 번슈타인은 거대한 구덩이를 바라보며 고개를 가로 저었다.

"외지인의 병력이 이동하고 우리가 투입된 지 고작 일주일이다. 북부 7왕국의 전력은 그 짧은 시간에 5만의 병력을 잃었지."

그는 어깨를 가볍게 들썩이며 말했다.

"비록 외지인의 지원이 없었다고는 하지만 처절할 정도의 피해지."

"그래서? 전쟁에서 죽음은 당연한 일이다. 일국의 수장이란 자가 그런 것에 연연할 줄은 몰랐군."

"그런 뜻이 아니다."

오르도 창은 그렇게 말했지만 벤퀴스가 하고자 하는 말이 무엇인지 알아차릴 수 있었다.

"우습지 않나. 남부 7만과 북부 5만. 10만이 넘는 병력을 잃고 그에 배가 넘는 병력이 부상을 입고도 터널 하나 제대로 뚫지 못했다."

"……."

"그쪽에게 받은 진법의 쐐기 역시 강무열이 나타난 뒤에야 제대로 설치할 수 있었다. 아마 그가 없었다면 3배가 넘는 희생이 필요했겠지."

그는 커다란 구덩이를 가리키며 말했다.

"그런 전투를 단 한 명이 종결시켜 버렸다. 힘의 균형, 전쟁의 균형이란 것을 완전히 무시할 정도의 힘이지."

두 사람은 침묵했다.

"우리는 목숨을 버릴 각오로 이곳에 참전했는데 말이야. 그는 내 목숨 같은 건 몇 개를 걸어도 이루지 못할 일을 해내 버렸어."

벤퀴스 번슈타인은 두 손을 털며 말했다.

"우리의 각오가 우습게 느껴지는군."

"바보 같은 소리."

그때였다. 잠자코 그의 말을 듣고 있던 최혁수가 못 참겠다는 듯 결국 입을 열었다.

"……뭐?"

"무슨 뜻으로 그런 말을 하는지 모르겠어서 하는 말이에요. 목숨을 걸고 나온 전투가 대장의 등장으로 허무할 정도로 빨리 끝나 버려서 하는 투정인가요?"

그의 말에 벤퀴스 번슈타인의 눈썹이 움찔거렸다.

"아니면 외지인들 없이 당신들을 이곳에서 싸우게 만들도록 전략을 짠 나에게 하는 원망인가요?"

"……그런 뜻이 아니다."

최혁수는 그를 향해 말했다.

"모든 건 이유가 있어서예요. 당신들을 죽음으로 몰아세우려고 한 것이 아니에요. 북부 7왕국이 없었다면 이곳의 전투가 아니라 종족 전쟁에서 인간군이 승기를 잡을 수 없었을 겁니다."

"……."

"갈까마귀는 엘프군을 거점에서 빼오기 위한 작전을 수행하기 위해서 필요했고, 마족 4기사 중 하나인 홍각(紅殼)은 강찬석의 힘이 아니면 타격을 줄 수 없어요. 두 부대가 이동을 해야 하는 건 필수적인 일이었어요."

그의 설명에도 불구하고 여전히 벤퀴스 번슈타인은 못마땅한 눈빛이었다. 이유야 어찌 됐든 최혁수의 말대로 일국의 수장으로서 수만 명의 목숨을 짊어지고 가야 하는 그에게 남은 사실은 눈앞의 죽음이었으니까.

"그렇다면 이곳은? 너는 우리에게 악마군을 상대하라고 했지. 네 말대로 종족 전쟁의 승리라는 큰 그림을 그리기 위함이라면…… 악마군과의 싸움은 포기한 건가? 아니면 우리가 외지인들을 위한 방패막이인가."

벤퀴스 번슈타인의 물음에 최혁수는 입꼬리를 살짝 올렸다. 드디어 그가 숨기고 있던 속내를 털어놨기 때문이다.

"좋은 수장이시네요."

자신보다 연장자에게 할 칭찬은 아니었지만 최혁수는 그를 바라보며 고개를 끄덕였다.

"오르도 창, 당신이라면 대장의 성격을 알고 있겠죠. 대장이 토착인을 방패막이로 삼을 사람으로 생각하세요?"

"아니다."

최혁수의 물음에 오르도는 한 치의 망설임도 없이 대답했다. 너무나도 당연하다는 듯한 그의 대답에 벤퀴스는 오히려 이해가 가지 않는다는 표정이었다.

"……어떻게 단언하지?"

"당신이 그렇게 생각하는 것도 당연해요. 이 계획은 단순히 저의 독단으로 짠 게 아니에요. 대장이 정령계에 가기 전에 저와 상의를 한 일이니까."

"강무열의 계획이란 말인가?"

"네."

최혁수는 고개를 끄덕였다.

"일망타진(一網打盡). 질질 끈다면 오히려 종족 전쟁을 끝낼 수 없다는 게 대장의 생각이었으니까요."

"설마……."

"외지인의 지원이 어째서 없다고 생각하세요? 그 어떤 전선보다 가장 먼저 전쟁이 끝났잖아요. 그 어떤 부대보다 강력한 원군이 있었는데."

벤퀴스 버슈타인은 최혁수의 말에 할 말을 잃고 말았다.

가장 강한 원군. 누구를 뜻하는 것인지 굳이 설명을 하지 않아도 단번에 알아들을 수 있었기 때문이다.

"대장은 돌아올 거란 확신이 있기 때문에 이곳에서 나머지 병력을 빼라고 한 겁니다."

최혁수의 말에 벤퀴스 버슈타인은 자신도 모르게 마른침을 삼키며 그를 바라봤다.

"그리고 보란 듯이 돌아왔죠. 그것도 인간의 영역을 뛰어넘어 재해마저 다룰 수 있는 존재가 되어서 말이에요."

사실상 이건 최혁수도 예상하지 못한 일이었다. 단순히 2대 광야의 힘을 획득해서 돌아올 것이라고 생각했던 무열이 재해의 힘을 흡수할 줄이야.

'정령계에서 대장에게 무슨 일이 있었던 걸까. 그 끔찍했던 재해를 어떻게…….'

트라멜에서의 악몽은 생각하고 싶지 않을 정도로 생생하게 남아 있었다.

하나하나가 신의 심판이자 저주라고 불리는 재해를 그저 막는 것이 아닌 컨트롤할 수 있다는 건, 어쩌면 신의 영역까지 그가 도달한 게 아닐까 하는 의문이 들게 했다.

"목숨의 경중을 나누는 게 아니라, 이게 가장 많은 사람을 살릴 수 있는 승리라 생각하셨어요."

"……."

"대장은 토착인과 외지인을 구분하지 않았기 때문에 이 자리까지 올 수 있었잖아요. 조금은 믿어보세요. 누구보다 힘든 건 대장일 테니까요."

벤퀴스 번슈타인은 최혁수의 말을 부정할 수 없었다. 처음에는 그 역시 무열의 엄청난 힘을 부러워한 적도 있었다.

하지만 모든 힘에는 책임과 대가가 따르는 법이었다. 자신이 감당할 수 있는 한계를 뛰어넘은 그 힘은 더 이상 부러움의 대상이 아닌 두려움의 대상이었으니까.

"강무열은?"

"악마군을 전멸시키자마자 마족 전선으로 가셨어요. 이곳이 정리되면 저희도 그쪽으로 이동할 겁니다."

벤퀴스 번슈타인은 그의 말에 고개를 끄덕였다.

"어떻게 하실 생각이세요?"

"……난 그와 싸우지 않겠다고 말한 적 없다."

자신이 내뱉은 말은 투정에 불과하다는 걸 그 역시 알고 있었다.

단지…….

너무나 강대한 강무열의 힘은 한없이 든든해 보였지만 직접 본 뒤에 그가 느낀 두려움은 하나였다. 그럴 리 없겠지만 그의 검이 적이 아닌 아군에게 향하게 된다면…… 하는 불안감.

벤퀴스 버슈타인는 그것을 직접 확인하기 위해서라도 강무열의 싸움을 지켜봐야 한다고 생각했다.

그는 나지막한 목소리로 말했다.

"가지."

❖

"크하하하하!! 밀어붙여!! 밀어붙여라!!"

전장에서 호탕한 웃음소리가 들렸다.

트로비욘은 자신의 골렘, 엔더러스의 어깨 위에서 골렘부대를 조종하며 소리쳤다.

그의 발아래로 보이는 마족들이 밀려 나가는 모습을 보며 그는 즐거운 듯 연신 입에 문 파이프에 연기를 내뿜으며 말했다.

"압승입니다. 마족 녀석들, 본진이 무너지자마자 우왕좌왕하는 꼴이라니. 하하, 이거야말로 너무 쉬워서 뭐라 할 말이 없습니다."

선두에 선 자신의 골렘부대를 바라보며 그는 자신만만한

표정으로 말했다.

"어떻습니까? 제법 쓸 만하지 않습니까? 악마족 전선에서 획득한 터널의 코어를 개조해서 개량했습니다. 주군이 아니셨으면 저런 걸 만들 엄두도 내지 못했을 텐데 말입니다."

엔더러스를 제외한 나머지 골렘들의 가슴에는 검은색의 코어가 박혀 있었다.

마족들을 죽일 때마다 신기하게 코어가 그들의 힘을 흡수하는 것처럼 번뜩였다.

악마족 전선에 있었던 트로비욘은 무열의 전투가 아직도 생생한 듯 말했다.

"마족의 수장이 나타나면 제게 맡겨주십시오. 이참에 이 녀석의 힘을 제대로 보여드리겠습니다."

"……."

하지만 상기된 그와는 달리 엔더러스의 어깨 위에 서 있던 무열은 팔짱을 낀 채로 조용히 그를 바라봤다.

[악마족과의 싸움에서 너도 어렴풋이 느꼈겠지. 종족 전쟁은 단순히 패배를 인정하고 항복하는 것으로 끝나는 것이 아니라는 걸.]

디아고의 목소리가 무열의 귓가를 때렸다. 하지만 그는 아무것도 들리지 않는다는 듯 굳은 표정으로 그저 앞을 바라볼 뿐이었다.

[오로지 수장의 죽음. 그것만이 종족 전쟁을 끝내는 방법이다. 속고 속이는 싸움. 처음에 악마족과 네피림이 손을 잡았던 적이 있지만 그들은 태초부터 서로 상극이었던 존재. 결국 두 종족이 남게 되다면 생사를 가르는 전투를 벌였겠지.]

　"……."

　[그럼 너는 어떻게 할 생각이지?]

　검은 연기가 무열의 몸을 스쳐 지나갔다. 그건 오로지 그의 눈에만 보이는 반신의 기운이었다.

　[인간군의 유일한 동맹국인 아이언바르 수장이자 너의 충실한 지원자, 트로비욘의 목숨 역시 네가 쥐고 있다는 걸 과연 그는 알까.]

　디아고의 말에 무열은 천천히 고개를 돌렸다.

　"왜 그러십니까?"

　무슨 일인지 알 리 없는 트로비욘은 이상한 느낌이 들었는지 무열을 바라봤다.

　"아무것도 아니다."

93장
마도기병

"무릎을 꿇어라."

무열은 앞을 바라보며 말했다. 그의 앞에 일렁이는 거대한 구멍 안에서는 연기가 새어 나오고 있었다.

그것은 영혼샘에 담긴 물과 비슷하지만 그 모양은 세로로 세워진 거울 같은 모습이었다.

바로, 차원문.

그 앞에 한 남자가 서 있었다.

"상황이 우습게 되었군. 이제 막 차원문을 통과해서 도착했더니 이 모양이라니……."

찰랑거리는 검은 긴 머리, 보석을 박은 것처럼 영롱한 청록색의 눈동자.

태어나서 단 한 번도 빛을 보지 않은 것처럼 새하얗다 못해 창백한 얼굴로 무열을 물끄러미 바라보는 남자는 다름 아닌 마계 권좌의 주인. 마왕(魔王), 하가네였다.

그는 등에는 키의 두 배는 될 것 같은 거대한 외날 검을 달고 있었고, 그의 머리카락만큼이나 검은 갑옷을 입고 있었다.

"차원문 뒤엔 수천만의 마족군이 있다. 이곳을 뚫고 그들이 올 수 있는 공간을 내가 만든다면 너희들로는 상대가 안 될 텐데?"

마계는 오직 힘으로 군림한다.

하가네는 마계의 1인자로서 절대로 병사들 뒤에 숨지 않는다. 그렇기 때문에 당당히 차원문을 처음으로 건넌 것이다.

그는 자신의 실력에 자신이 있었다. 고작 인간 따위에게 질 것이라고는 전혀 생각하지 않았다.

그는 못마땅하다는 얼굴로 말했다.

"어째서 거점을 만드는 시간 동안 인간을 제외한 다른 차원의 권좌의 주인은 관여하지 못하는 거지? 권좌의 주인을 보호한다는 규율이라니, 우습지 않나? 주인이란 자가 본디 가장 강한 것을."

하가네는 무열을 바라보며 씁쓸한 표정을 지었다.

"내가 먼저 차원문을 통과할 수 있었다면 이런 쓸데없는 소모를 할 필요 없었을 텐데. 안 그래?"

"맞아, 네 말에 동의한다. 확실히 락슈무는 착각하고 있다."

"훗……."

무열의 대답에 하가네는 피식 웃었다.

눈앞에 있는 남자가 인간군의 우두머리라는 것은 단번에 알 수 있었다.

차원문을 넘어서 도착했을 때, 자신의 거점이라고 생각했던 곳에서 그를 기다리는 것은 마족이 아닌 인간군이었다.

인간군에게 장악된 상황이 그로서는 어처구니가 없었지만 자신의 말에 동의한다는 것은 적어도 그의 강함을 알아보는 눈이 있다는 뜻일 테니까.

"인간군이 가장 약하다고 생각하여 우리에게만 권좌의 주인이 처음부터 관여할 수 있도록 허락해 주었으니 말이야."

"……뭐?"

무열은 하가네를 향해 검 살해자를 들었다.

"본디 인간이 제일 강한 것을."

"……."

기다렸던 대답이 아니었다.

그는 마왕의 말투를 따라 하며 냉소를 지었다. 무열의 웃음에 하가네의 표정이 딱딱하게 굳었다.

"말했을 텐데, 무릎 꿇으라고."

빠득.

하가네는 자신도 모르게 이를 갈았다.

"……건방진."

당장에라도 그의 주위를 둘러싸고 있는 인간들의 목을 전부 뽑아 비틀어버리고 싶어졌다.

그의 기세를 알아차린 걸까. 병사들이 주춤하며 뒤로 물러섰다.

하지만 그들과 달리 무열은 담담한 얼굴로 그의 말에 대답했다.

"그런 소리를 많이 들었지."

툭.

"이 녀석들에게."

무열이 하가네를 향해 무언가를 던졌다.

질퍽한 소리와 함께 바닥을 굴러 그의 발치에 떨어진 그것을 바라본 순간 하가네의 표정이 굳어졌다.

분을 칠한 것처럼 새하얀 얼굴에 믿을 수 없다는 듯 입을 벌린 채 그대로 잘려 나간 목.

악마군의 수장, 백귀(百鬼) 아쉬케의 것이었다.

그뿐만이 아니었다.

척.

무열이 팔을 들어 올리자 그의 뒤에 서 있던 병사들이 일제히 커다란 깃발을 들어 올렸다.

우드드득……!!

4개의 높은 장대가 활처럼 휘면서 점차 하늘을 향해 솟아올랐다.

"……!!!"

그 순간, 하가네의 얼굴이 구겨졌다.

"차원문 뒤에 있는 백만 군세라……."

악마군의 수장이 죽은 것을 보고도 평정심을 유지했던 그였다.

"네놈……!!"

"그래, 확실히 그만한 병력이 오게 되면 어려울 수 있지."

무열은 팔짱을 낀 채 하가네가 한 말을 읊조렸다.

"그런데 정말 네가 날 뚫을 수 있을까?"

그러고는 너무나도 당당하게 말했다.

솟아오른 4개의 깃대에는 저마다 다른 것들이 걸려 있었다.

누군가의 머리, 누군가의 몸통, 누군가의 팔과 다리.

하지만 공통된 것은 있었다. 그곳에 걸린 모든 것이 인간의 것이 아니라는 점이었다.

하가네는 그 하나하나가 누구의 것인지 단번에 알 수 있었다.

바로, 자신을 모시던 4기사의 주검이었다.

마치 그를 비웃듯 하가네의 주변에 세워진 깃발들이 바람에 펄럭였다.

"안 그래?"

자신감을 뛰어넘는 오만에 가까운 기세.

어찌 보면 한없이 무례해 보일지 모르지만 지금 이 순간만큼은 강무열이란 존재를 단순히 인간이 아닌 한 종족을 대표하는 왕(王)임을 나타내 주는 것이었다.

그를 가리킨 손가락이 앞뒤로 까닥거리며 움직였다. 단순한 도발이었지만 하가네의 청록색 눈동자가 가늘게 떨렸다.

"크아아아아아———!!!"

날카로운 비명과 함께 그의 몸이 솟구쳐 올랐다.

그 소리에 모든 사람의 고개가 일제히 위로 향했다. 하지만 그의 존재를 찾을 수 없었다.

콰아아아앙……!!!

운석이 떨어진 것처럼 깃대를 들고 있던 병사들 사이로 폭음이 터져 나왔다. 시커먼 흙먼지가 터지는 듯 폭발하며 사방으로 흩날렸다.

"아악!!"

"으아악……!!"

뿌옇게 퍼진 먼지 사이로 하가네의 모습이 보였다. 조금 전까지만 하더라도 인간의 얼굴이었던 그의 뺨에는 날카로운 돌기가 돋아나 있었다.

딱딱하게 변한 껍질 위로 붉게 변한 안광이 빛났다.

강렬한 폭발이 일어났지만 의외로 깃대를 들고 있던 병사들의 피해는 없었다.

이를 갈며 노려보는 하가네의 시선은 자신의 앞을 가로막고 있는 무열에게 꽂혔다. 그가 병사들을 공격하기 직전에 무열이 그를 막아선 것이다.

"마계에서도 하지 않는 짓이다. 이게 네놈이 싸우는 방식이냐."

"별로."

하가네는 당장에라도 잡아먹을 듯 무열을 향해 말했다.

카드드득…… 카드드득…….

두 자루의 검이 힘겨루기를 하며 맞물리는 소리가 들렸다. 날에서는 스파크가 튀었다.

"그런 주제에 자신의 병사들은 소중한가 보지?"

무열이 나타나자 흩어지는 병사들을 보며 하가네가 말했다.

"약한 놈을 모두 지키면서 하는 싸움은 절대로 완벽할 수 없다. 네놈의 사람들도 저 꼴로 만들어주마."

"말이 많군."

으르렁거리듯 말하는 그를 향해 무열은 여전히 표정의 변화 없이 대답했다.

"네놈 목이나 잘 챙겨. 저 꼴이 되는 건 바로 너다."

"……뭐?"

그제야 깨달았다.

하가네는 자신이 있는 힘껏 무열을 밀어붙였음에도 불구하고 그의 발은 단 한 걸음도 뒤로 물러나지 않았다는 것을.

서걱.

무열이 검을 들어 뒤를 베었다. 깃대를 들고 있던 병사들의 머리 위로 아슬아슬하게 검격이 스치며 지나갔다.

잘린 깃대가 넘어지기 직전에 그가 몸을 날리며 네 개의 깃대를 모두 잡아 공중으로 뛰어올랐다.

쾅!!

콰앙- 쾅!!!

무열이 있는 힘껏 깃대를 던지자 쓰러진 하가네의 어깨와 허리 사이로 4개의 깃대가 창처럼 박혔다. 깃대 위에 달린 4기사의 목이 충격에 흔들거리며 하가네의 주위로 떨어졌다.

자신의 가신들의 사체를 본 그의 몸이 부르르 떨렸고 그는 이를 갈았다.

우직끈---!!

두 팔에 힘을 주며 안으로 잡아당기자 깃대가 부러지며 무너져 내렸다.

하가네는 천천히 일어서며 떨어진 목을 바라봤다.

무슨 생각을 하고 있는 걸까. 적진의 한가운데에 있음에도 불구하고 그는 마치 애도를 하듯 잠시 눈을 감았다.

침묵(沈默).

무방비 상태임에도 불구하고 그에게 섣불리 다가갈 수 없는 아우라가 느껴졌다.

쾅……!!!

그때였다.

감았던 눈을 뜨며 하가네가 사정없이 자신의 주위에 떨어진 가신의 머리를 밟았다. 단단한 투구 같은 홍각의 머리가 그대로 산산조각 나며 잔해들이 사방으로 튀었다.

하가네가 들고 있던 검날에서 붉은 촉수들이 튀어나와 휘감기 시작했다.

"혈검(血劍)."

검을 바닥에 꽂자 그의 발치에 붉은 웅덩이가 생겨났다.

"모두 물러서."

그 모습에 무열이 나지막이 말하자 병사들이 일제히 뒤로 물러서며 거리를 벌렸다.

강찬석을 비롯해 정민지, 알라이즈 크리드 등 나머지 부하들이 긴장된 눈빛으로 두 사람을 바라봤다.

"너희는 오늘 패배한다."

붉은 검이 마치 심장처럼 뛰기 시작했다.

무열의 검 살해자가 그 모습을 보고 경계하듯 떨리기 시작했다.

"여기서 날 막는다고 해서 차원문 뒤에 있는 마족이 넘어오지 못할 거라고 생각한다면 오산이다."

하가네는 입술을 깨물었다. 마족의 왕으로서 자존심이 상하는 일이었지만 그는 그 분노를 갈무리했다.

"권좌의 왕이 소환될 때 모든 차원문이 열린다. 고작 이곳 하나가 전부라고 생각하면 오산이다. 너는 강하지만 모든 인간이 너처럼 강할까? 이제 곧 마족에게 모두 짓밟힐 것이다."

그는 의미심장한 미소를 지으며 무열에게 말했다.

"아, 그래?"

그러나 정작 당사자인 무열은 그의 말에 귀찮다는 표정을 지었다.

"권좌에 오르면 하나같이 말이 많아지나? 경고했을 텐데. 네 목이나 챙기라고."

무열은 나지막한 목소리로 말했다.

"바이칼, 들었지? 위치는 확인했어?"

-물론. 다섯 개의 차원문 모두 파악이 끝났다.

"계획대로 시행한다."

끄덕이는 무열의 모습을 보며 하가네는 뭔가 잘못되었다는 것을 직감했다.

"인간은 약하다며? 그럼 싸우지 않으면 되지."

상아탑 꼭대기의 비밀 장소.

아티스 카레쉬가 사용했던 그 방은 이제 완전히 바뀌어 있었다.

정작 방의 주인이었던 그는 뒤에서 말도 안 되는 광경을 넋 놓고 바라보고 있었다.

수십 개의 홀로그램이 살아 있는 것처럼 여기저기 움직였다.

각각의 화면 속 영상은 실제로 보는 것처럼 빠르게 움직이고 있었다.

손을 들자 몇 개의 화면이 저절로 움직여 펼친 손바닥 앞에 멈춰 섰다.

스아아아앙……!!

화면 속의 영상은 마치 날아가고 있는 것처럼 빠르게 질주하고 있었다. 지면이 움직이는 것 같았지만 자세히 보면 바닥에는 수많은 비늘이 돋아나 있었다.

화면에 잡힌 바닥은 놀랍게도 드래곤의 등이었다. 그리고 그 위엔 황금색의 병사들이 정렬된 채로 서 있었다. 헤아릴 수 없을 정도로 많은 숫자였다.

탁– 타탁–

홀로그램 위에 놓인 손가락이 마치 건반을 치듯 유려하게 움직였다. 그러자 드래곤의 등에 타고 있던 황금색의 병사들이 일제히 차원문이 생성되고 있는 전장으로 낙하하기 시작했다.

쿵……!!

쿵!! 쿵!! 쿵!!!

엄청난 높이에서 떨어졌음에도 불구하고 지면을 울리는 충격음만이 들릴 뿐 병사들은 아무렇지 않게 천천히 몸을 일으켰다.

철컥- 지이잉-

병사들이 발걸음을 뗄 때마다 미약한 기계음이 들렸다.

어지럽게 움직이는 화면들을 능숙하게 다루는 손은 생각보다 작았다.

'주군은 이런 걸 예상하셨던 걸까.'

아티스 카레쉬가 이곳으로 소환된 인간이었다면 그 모습을 보며 컨트롤 타워에 있는 수십 개의 모니터를 떠올렸을 것이었다.

"후우……."

홀로그램 화면 앞에 서 있던 소년.

지웅 슈는 쓰고 있던 고글을 벗으며 만족스러운 표정으로 말했다.

"마도기병(魔道騎兵), 배치 완료."

－마론 협곡! 마도기병 확인 완료.

－남부 평원입니다. 현재 상공의 드래곤을 포착했습니다. 마도기병 낙하 중.

－카나트라 산맥입니다. 현재 마도기병 배치 중입니다. 아직 차원문은 활동하지 않고 있습니다!

여기저기에서 들려오는 보고들.

무열은 염화령의 불꽃을 바라보며 만족스러운 표정을 지었다. 일부러 들으라는 듯 그는 하가네를 바라보며 더 큰 목소리로 말했다.

"쓸어버려."

그의 명령이 떨어지자마자 요란한 전투 소리가 들리기 시작했다.

"난 단 한 번도 전쟁을 혼자서 한다고 생각해 본 적 없다."

하가네의 얼굴이 더더욱 굳어졌다.

"이놈……!!!!"

"제길……!! 도대체 출구가 어디야!!"

"가드리엘 님, 병사들이 지치기 시작했습니다. 속도를 늦추시는 게……."

"지금 그걸 말이라고 해?!"

호통을 치는 그녀의 모습에 말을 꺼낸 부관은 움찔했다.

그는 불안한 눈으로 뒤를 돌아봤다. 날렵한 엘프들이지만 지금은 달리는 속도가 현저하게 줄어들어 그녀를 따라가는 것만으로도 벅차 보였다.

'이대로는 나가떨어질 게 분명한데…….'

부관은 자신 역시 점차 차오르는 숨에 어떻게 해야 할지 난감한 얼굴이었다.

"마법부대는?"

"길을 찾고는 있지만 마법과는 완전히 다른 체계라 쉽지 않다고 합니다."

부하의 보고에 부관은 빠득 이를 갈았다.

"쿠엘 경의 위치는 확인되나?"

"그게…… 그것도 불가하다고 합니다."

본진에서 나오자마자 쏟아지는 안개 속에서 이상함을 감지했지만 이미 늦었다.

마법이 아닌 주술.

비슷하면서도 다른 술법으로 만들어진 미로는 마력에 통달한 엘프조차 쉽사리 빠져나가지 못하고 있었다.

"젠장……!!"

수호장이 두 명이나 있었음에도 불구하고 둘 다 속수무책이었던 것도 모자라 갑자기 덮친 돌풍에 지형이 변화하면서 부대마저 나뉘고 말았다.

얼마나 시간이 지난 걸까.

지독한 안개 속에서 엘프군은 그저 계속 제자리걸음을 하고 있었다.

"헉…… 헉헉……."

"허억……."

병사들의 지친 목소리가 여기저기에서 들리기 시작했다. 하지만 지금 할 수 있는 것이라고는 앞으로 나아가는 것뿐이었다.

"……."

높은 언덕 위에서 마치 꼬리에 꼬리를 무는 우로보로스처럼 나선으로 회전하는 엘프군의 모습을 바라보며 진아륜은 만족스러운 듯 고개를 끄덕였다.

그들에게는 보이지 않지만 언덕 위의 하늘은 구름 한 점 없을 정도로 깨끗했다.

"조금 전 드래곤들이 지나간 걸 봐서 마도기병이 출병했나 보군."

"응, 이제 곧 마족도 토벌되겠지."

"기껏해야 열댓 살밖에 안 된 꼬마가 저런 걸 만들 줄 누가 알았겠어. 정말 대단하다니까."

그의 말에 천륜미 역시 동의했다. 단 한 명의 힘으로 전쟁의 판도가 완전히 바뀌는 순간이었으니까.

"이제 곧 선미 언니의 용단화(龍斷花)부대도 이쪽에 도착할 거야."

"그래, 도중에 조금 마찰이 있긴 했었지만……."

여명회와 불멸회의 마법사로 구성되어 있는 마법부대는 윤선미의 마녀술 아래 새로이 마법 체계를 구축했다.

각 마법회의 수장이라 할 수 있는 데인 페틴슨과 하미드 자하르는 처음에는 그녀의 마녀술을 받아들이지 않으려 했었다.

"폴세티아가 윤선미에게 반응한 것이 가장 큰 요인이었지. 대마도서(大魔圖書)를 마법사가 아닌 마녀가 쓸 수 있는 건 그것대로 굴욕적일 거야."

"하지만 그건 선미 언니의 컨트롤이 그들보다 훨씬 뛰어나다는 의미이지 않겠어?"

자랑스럽게 말하는 그녀의 모습에 진아륜은 가볍게 웃고 말았다.

윤선미는 권세 내에서 그녀를 제외하고 유일한 여성 전투요원이었다. 동질감이 좀 더 강했는지 두 사람은 친자매와 같을 정도로 가까운 사이가 되었다.

"무열이 폴세티아를 그녀에게 준 것도 한몫했지만 말이야."

"대마도서는 유물급 아이템이야. 잘못 사용하면 대륙이 날아가 버릴지도 모른다고. 언니의 마력 컨트롤이 아니면 제대로 쓰지도 못할걸."

"그래, 그래. 윤선미의 능력을 낮추는 게 아냐. 그녀만큼 대단한 스펠러도 없으니까."

한마디도 지지 않고 말하는 그녀를 보며 진아륜은 연신 웃을 수밖에 없었다.

하지만 그것도 잠시, 그는 발아래를 내려다보며 말했다.

"그때까지만 녀석들이 빠져나오지 못하고 진법에 갇혀 있으면 좋겠는데 말이야."

갈까마귀의 숫자는 모두 백여 명. 사실상 최혁수의 진법에 갇힌 엘프군의 수는 그들이 막을 수 있는 숫자가 아니었다.

'모든 병력을 후퇴시키고 우리만 이곳에 남겨놓다니.'

물론, 갈까마귀들은 모두 암살자 클래스로 구성되어 있기 때문에 만일의 사태가 일어났을 때 가장 생존률이 높긴 했다.

하지만 수만 명의 대군을 고작 백여 명으로 맞서게 될지도 모른다. 불안하지 않을 리 없다.

그럼에도 진아륜은 무열의 명령에 토를 달지 않았다.

'그만큼 강무열이 최혁수의 진법을 믿는다는 것이겠지.'

생각에 잠긴 진아륜을 바라보며 천륜미가 물었다.

"그런데 어째서 대장은 엘프군의 수호장들을 살리라고 했을까?"

"글쎄, 영혼샘과 관련된 일이라는 것만 알고 자세한 건 나도 몰라."

"흐음……. 근데 수호장은 모두 세 명이라고 하지 않았어?"

"맞아."

"그럼 나머지 한 명은……?"

위그나타르의 행방을 알 리 없는 천륜미가 그에게 물었다. 카토 치츠카의 일은 극소수만이 알고 있는 비밀이었기 때문에 같은 갈까마귀라 하더라도 그녀는 알지 못했다.

"그쪽은 걱정하지 않아도 돼. 우리보다 더 대단한 자가 갔으니까."

"음……? 우리 말고 또 이곳에 온 사람이 있어?"

그녀가 의아한 표정으로 진아륜을 바라봤지만 그는 그저 가볍게 웃을 뿐이었다.

❀

'가드리엘이 움직였군. 그녀의 성격이라면 그럴 거라고 생각은 했지만…….'

위그나타르는 숲이 떨리는 것을 보면서 예감했다.

'거점에서 나오는 것이야말로 그들이 원하는 것인데……. 어쩔 수 없군.'

닛은 흰숨을 내쉬었다.

'몇 시간만 더 참았더라면 돌아갔을 텐데. 그녀에게 말하지 않고 숲을 나온 내 실수지만…….'

어쩔 수 없었다.

'이건 엘븐하임과는 다른 문제니까 그녀에게 알릴 수 없었지. 엘프들은 폴세티아가 위대한 마법이라 알고 있어. 나 역시 검귀를 만나지 않았다면 회색 교장에 있는 이 석판이 폴세티아의 조각이라고 생각했을 거다.'

위그나타르는 카토 치츠카를 바라봤다.

엘프군 거점의 수비는 완벽하다고 생각했다. 그가 직접 병력을 배치했으니까. 하지만 그런 방어를 우습게 통과해서 단신으로 자신을 찾아온 남자.

"타락(墮落)을 가졌군."

거점에 있던 탑에서 처음 치츠카를 만났을 때 느껴졌던 기운이었다. 처음에는 잘 갈무리된 듯 느껴지지 않았지만 거점에서 벗어나자마자 마치 날뛰듯 강렬하게 냄새를 풍겼다.

위그나타르는 그런 치츠카를 향해 눈살을 찌푸렸다.

"내게서 위대한 마법을 빼앗을 수 있을 거라고 생각하나?

그런 몸으로?"

갑옷으로 가리고 있지만 치츠카의 몸에는 검은 상처들이 깊숙하게 배어 있었고 그는 당장에라도 쓰러질 것같이 위태로워 보였다.

"그건 해봐야 아는 거지."

"과연……."

위그나타르는 천천히 검을 뽑았다.

마음 같아서는 성채 안에서 그를 상대하고 싶었지만 행여나 그의 몸에서 흘러나올 타락이 영혼샘을 오염시킬 수 있다는 생각에 인적이 드문 이곳까지 카토 치츠카를 데리고 나온 것이었다.

"그러는 너야말로 이렇게 거점을 버리고 나와도 괜찮을까?"

"엘프는 숲에 강하다. 드래곤이 사라진 뒤, 근방에 인간의 기척은 느껴지지 않는다. 기껏해야 은신하고 있는 소수의 사람뿐. 고작 그 정도의 숫자로 우리에게 타격을 주지 못할 터."

카토 치츠카는 수십 킬로나 떨어져 숨어 있는 갈까마귀들의 기척을 아무렇지 않게 파악하고 있는 위그나타르의 능력에 놀라지 않을 수 없었다.

"너희들이 우리가 거점에서 나오길 바라는 것을 알고 있지만 그 정도로 우리를 잡을 수 있다고 생각하는가? 대군을 이끌고 온다 하더라도 인간이 엘프를 이길 순 없다."

"진짜 신기할 정도로 모든 종족이 인간을 가장 아래로 보고 있군."

그의 말에 카토 치츠카는 콧방귀를 뀌었다.

아직만 위그나타르는 그 반응조차 허세라고 여기는 듯 했다.

"그리고 그녀 역시 엘프군을 떠받드는 수호장 중 하나다. 지금 당장은 진법에 휘둘릴지 모르나 그녀의 힘이라면 충분히 빠져나올 수 있을 것이다."

"동료를 믿고 있군."

"물론이다. 곧 죽을 너에게 이런 얘기를 할 이유는 없지만 말이야."

"그런데 내가 묻고자 하는 건 그런 의미가 아닌데? 너희들의 동료 간의 믿음 따위 궁금하지도 않아. 그리고 우린 너희들을 공격하기 위해 거점에서 나오길 바란 게 아니다."

"……뭐?"

카토 치츠카는 위그나타르를 향해 차갑게 웃었다.

"수호장 두 명은 이상 현상에 참지 못하고 병력을 이끌고 튀어 나가 버리고 나머지 한 명마저 낚여서 거점을 버리고 이렇게 나와도 괜찮냐는 말이지."

그는 바닥을 가리켰다.

이 장소.

"바로 영혼샘이 있는 거점을 버리고 말이야."

"······!!!"

✦

"여긴가."

"정말 거점의 주요 병력이 모두 빠져나갔네? 솔직히 조금 불안했는데."

안개가 짙게 깔린 엘프군 거점에 쓰러지는 병사들 위로 두 사람이 서 있었다.

슈욱-!!

일순간.

바람을 가르는 소리가 들리는 것 같더니 성벽에서 보초를 서고 있던 병사가 그대로 쓰러졌다.

"으흠."

꽈드드득······.

강건우는 한 치의 망설임도 없이 활을 당겼다. 다시 한번 둔 탁한 소리와 함께 안개 속에서 누군가 떨어지는 소리가 들렸다.

"대충 이 정도면 정리가 된 것 같긴 하지만······."

한 치 앞도 보이지 않는 안개 속에서 그는 정확하게 병사들 을 쓰러뜨렸다.

"빨리 끝내는 게 좋겠어. 보초가 죽은 걸 알면 곧 병력이 몰

려올 거야."

"알겠어요."

그의 말에 고개를 끄덕이는 사람은 다름 아닌 최은별이었다.

"들리죠?"

－그래, 잘 들려. 상황은 어때?

귓가에 속삭이는 것처럼 바이칼 가르나드의 목소리가 들렸다.

"깨끗해요. 진법에 엘프군의 대부분이 빠져나갔으니까요. 거의 빈집털이 수준인걸요."

－그래도 조심해야 해. 진법이 무너질 일은 없겠지만 만에 하나라도 녀석들이 돌아올 수도 있으니까.

"걱정 마세요. 여차하면 이곳을 물바다로 만들어버릴 테니까."

최은별의 말에 바이칼은 성도 때의 일이 떠오르는 듯 가볍게 몸을 떨었다.

"물론, 농담입니다."

－하여간⋯⋯.

그의 반응이 재밌다는 듯 최은별은 피식 웃었다.

그러고는 마치 비밀 작전을 수행하는 요원이라도 된 것처럼 귀에 손을 얹고는 낮은 목소리로 말했다.

"지금부터 영혼샘 탈환을 시작하겠습니다."

94장
엘프군 전투

촤아아아악———!!!!

진동이 점차 강렬해지더니 새하얀 빛이 어둠을 뚫고 상공
으로 솟구치기 시작했다.

영혼샘이 있는 엘프군의 거점은 폭탄이라도 맞은 것처럼
크게 요동쳤다.

"……?!"

가드리엘은 뒤에서 들려오는 소란에 깜짝 놀라며 황급히
거점을 바라봤다.

"어떻게……."

비록 수호장 두 명이 자리를 비웠다고는 하지만 거점에 병
력이 없는 것도 아니었다. 그런데 이렇게 완벽하게 뚫렸다는
사실에 그녀는 믿을 수 없다는 표정을 지었다.

'거점의 뒤는 차단되어 있다. 적이 침입할 수 있는 곳은 앞쪽밖에 없을 텐데…….'

최은별의 소환 스킬에 대해서 알 리가 없는 그녀가 단순히 지형만 믿고 선택한 진격은 뼈아픈 실책이 아닐 수 없었다.

운반업자의 소환술은 일정 거리 내의 인벤토리 안에 있는 물건을 소환할 수 있다. 그 능력을 이용해 강건우를 소환하여 방책의 문을 연 것이다.

"돌아가야 합니다!!"

부관의 외침이 들렸다. 최은별의 능력은 차치하고 최혁수의 진법에 갇혀 시간을 빼앗긴 것 역시 큰 문제였다.

"제길……!!"

지금은 진법조차 제대로 파훼하지 못해 갇힌 채로 시간만 허비하고 있었다.

완벽히 농락당한 기분에 가드리엘은 이를 바득 갈았다.

'마도 병사에게 맡기고 있을 때가 아니었어.'

그녀는 소리친 부관에게 손을 들어 떨어지라는 표시를 했다.

"진법을 통째로 부순다. 더 이상 시간을 끌 수 없다."

"네?"

우우우웅……!

그 순간 가드리엘이 날카로운 두 자루의 세검을 허리에서 뽑아 들었다. 두 검이 파르르 떨렸다.

오랫동안 그녀를 모셨던 부관조차도 처음 보는 무기였다.

'이걸 쓰고 싶진 않았는데.'

마력의 대부분을 사용해야 하는 부담스러운 검술이었기 때문에 그녀는 이 힘을 쓰는 것을 꺼려 했다.

"……."

그녀의 표정이 굳어졌다. 이 기술을 쓰는 것이 부담스러운 것은 단순히 많은 힘이 필요하기 때문만은 아니었다.

아크와 게일(Ark-Gale).

가드리엘이 쥐고 있는 검의 이름이다.

오랜 세월 동안 누군가는 아크라는 이름으로, 누군가는 게일이란 이름으로 불렀지만 사실상 그 이름이 모두 같은 검을 칭하는 것이라는 걸 아는 사람은 극소수였다. 뿐만 아니라 그 두 개의 이름이 모두 각각의 검을 가리킨다는 것 역시.

각각의 검은 놀랍게도 드워프와 엘프 두 종족이 하나씩 이름을 붙였다고 전해진다.

드워프와 엘프.

상극인 두 종족도 분명 함께했던 시절이 있다.

블레이더(Blader).

극비였으나 그녀의 일족 역시 과거에는 여왕의 일가인 티누비엘가(家)와 드워프들과 함께 검을 추구했던 블레이더의 일원이었다.

이 사실을 알고 있는 것은 오직 여왕과 자신, 그리고 위그나타르뿐이었다.

-이 검은 분명 차원을 뛰어넘을 만큼 위대한 역사를 만들 것이다.

아크-게일이 완성되었을 때 블레이더의 누군가가 했던 말이라 전해진다. 그게 드워프인지 엘프인지는 알 수 없지만 분명한 건 왕가(王家)의 보물과 비교해도 그녀의 검이 뒤떨어지지 않는 물건이란 것을 의미하는 말일 것이다.

어린 시절 가드리엘은 그저 치기 어린 말에 불구하다고 생각했지만 지금까지 자신의 검보다 더 훌륭한 검을 보지 못한 것은 사실이다.

그것이 설령 그 어떤 퀘스트를 클리어한 보상이라 할지라도 말이다.

듀얼 소드(Dual Sword).

한 자루에는 드워프의 문장이, 다른 한 자루엔 엘프의 문장이 새겨져 있었다. 신기하게도 두 검은 서로 다른 종족이 만든 것처럼, 신경전을 벌이듯 날을 세우면서도 절묘하게 맞물렸다.

길이, 무게, 강도 모두 한 자루만을 사용해시는 이런 힘이 나오지 않는다. 두 자루가 합쳐졌을 때 검의 위력은 비약적으로 증가한다.

"……."

강력한 검임에도 불구하고 가드리엘이 이 검을 사용하지 않으려는 이유는 다른 곳에 있었다.

지금 그녀가 쓰려는 검술.

어린 시절 자신의 스승에게 배웠던 이것은 오직 이 검으로만 펼칠 수 있었으며 아크-게일 역시 이 검술을 위해 만들어졌다고 해도 과언이 아니었다.

하지만 이것은 엘프의 검술이 아니다.

인간의 검술.

지금은 사라진 종족, 디곤(Diggon)의 것이었다.

전설로만 남겨진 고대 종족이었지만 인간보다 훨씬 더 수명이 긴 엘프 중엔 아직도 그들을 기억하는 자들이 있었다.

디곤의 여왕 밀리아나.

가드리엘의 선조 중 한 명이 그녀와 연이 닿아 이 검술을 전수받을 수 있었다고 한다. 그 뒤로 그녀의 가문은 대대로 디곤의 검술을 가전 검술로 계승하여 명맥을 유지했었다. 하지만 엘프로서 인간의 힘을 빌린다는 것은 자존심이 강한 그녀로서는 인정하고 싶지 않은 일이었다.

하지만 지금은 다르다.

"그게 무슨 상관이지? 너는 아크-게일의 소유자로서 그 능력을 인정받아 수호장의 자리에 오른 것이다. 그 힘이 인간의 것이든 아니든 너의 존재는 그 두 자루의 검을 쓸 수 있기 때문이라는 것을 명심해라."

자신의 동문인 위그나타르만이 아무렇지 않게 그녀를 대했다. 그저 남에게 관심이 없는 자이기 때문에 가능한 말이라고 생각했지만, 어쩌면 주위의 시선이 아닌 자신의 능력만을 본 유일한 사람일지 모른다.

'지금 상황에선 찬물 더운물 가릴 처지가 아니지. 무슨 일이 있어도 이 진법을 부숴야 한다.'

그녀는 있는 힘껏 두 자루의 검에 마력을 집어넣었다.

검날이 푸르게 변하면서 날카롭게 떨리기 시작했다. 디곤의 검술은 모두 다섯 가지의 검격으로 이루어진 정교한 검술이지만 그녀가 마력을 집중하는 순간 완전히 다른 성질을 띠게 된다.

두 자루의 검을 마치 단두대의 칼날처럼 위에서 아래로 강하게 내려쳤다.

콰아아아앙———!!!

그녀의 몸에서 힘이 쭉 빠져나가는 기분이 들었다. 하지만 가드리엘은 아랑곳하지 않고 더욱더 검에 힘을 주었다.

일섬(一殲).

노도와 같은 검격이 공간을 가르며 그들의 앞을 가로막았던 흐릿한 안개를 거침없이 벗겨냈다.

강렬한 바람과 함께 그녀의 주위에 있던 안개가 흩어졌다.

"……."

주위에 있던 병사들이 그녀의 검술의 위력에 놀란 표정을 감추지 못했지만 정작 당사자의 표정은 굳어버렸다.

'뭐지……? 검 끝에 닿은 단단한 건.'

안개에 가려서 보이지 않았지만 진법을 힘으로 부수려는 순간 그녀의 검을 막은 것이 있었다.

처음에는 이 안개를 만든 쐐기라고 생각했다. 하지만 고작 인간이 만든 물건을 혼신을 다한 자신의 검으로 벨 수 없을 거라 생각하지 않았다.

"하악…… 하악……."

거친 숨이 그녀의 입에서 터져 나왔다.

농무(濃霧)의 안개는 여전히 유지되고 있었다.

그녀는 불안한 눈빛으로 주위를 둘러봤다.

"아슬아슬했어."

그 순간, 안개 속에서 들리는 여린 목소리.

두꺼운 방패처럼 주위에 실드를 두른 한 여인의 등장에 엘프군은 혼란스러워하며 안개가 흩어지는 그곳을 주시했다.

"엘프군은 여기서 끝이다."

낮은 목소리였지만 그들의 귀에 정확히 들렸다.

작은 체구는 겨우 가드리엘의 어깨까지밖에 닿지 않았고, 커다란 눈동자는 전투와는 어울리지 않았다. 하지만 두꺼운 매직 실드 뒤에 보이는 결의는 감춰지지 않았다.

"이…… 인간들이 감히!!!"

가드리엘은 자신의 검을 막은 윤선미를 향해 소리쳤다.

"감히? 그러는 넌 뭔데? 엘프 주제에."

"크아아아아!!"

가드리엘은 기가 막혔다.

"힘이 빠졌나 보지? 고작 일합(一合)으로 말이야."

윤선미는 손가락에 끼고 있던 반지에 가볍게 입을 맞추었다. 그러자 링에 박혀 있던 보석이 빛나면서 가드리엘을 향해 수십 갈래의 줄을 뿜어냈다.

가드리엘의 팔과 다리를 포박한 묘천마휘(妙天魔輝)의 거미줄이 바닥에 단단하게 박혔다.

"대장님……!!!"

옴짝달싹 못 하게 묶인 그녀를 보며 부관이 소리 질렀다.

"모두 공격하라!!!"

그의 외침에 엘프 병사들은 뒤늦게 윤선미를 향해 달려들었다.

콰앙……!! 콰콰쾅!!!

쾅! 쾅!! 콰아아아앙……!!!

그때였다. 윤선미를 공격하려던 엘프병들 주위로 강렬한 화염이 솟구쳤다. 엘프군 마법병들이 빠르게 실드를 쳤지만 그들의 빛이 마법을 갉아먹는 듯 검은 연기가 들러붙어 실드를 없앴다.

"이…… 이건…… 타락술(墮落術)?!"

불멸회의 마법에 엘프들의 마법이 모두 무력화되며 윤선미와 가드리엘 주위에 검은 막이 생성되었다.

윤선미는 거미줄로 꽁꽁 묶인 가드리엘의 앞에 서서 주위를 훑었다. 타락의 힘을 쓰는 불멸회의 장막 뒤로 여명회의 마법사들이 검을 뽑아 나머지 병사들을 막아섰다.

더 이상 그녀를 구할 사람은 없었다.

"이익……!! 비열한……!!"

가드리엘은 당장에라도 자신을 구속하는 거미줄을 뜯어내기 위해 안간힘을 썼다. 하지만 그런 그녀를 향해 윤선미는 차갑게 말했다.

"내가 3차 전직을 하면서 얻은 건 단순히 이런 장난감이 아니야. 사원의 가장 마지막 층. 함께 갔던 강건우와 강찬석조차 도달하지 못한 끝에서 얻은 힘."

여명회와 불멸회의 마법사들은 진아륜과 천륜미의 우려와 달리 그녀가 마법부대의 수장이 된 것에 대해 한 치의 불만도

갖지 않았다. 뿐만 아니라 그녀가 폴세티아의 주인이 된 것조차 당연하다고 여기는 듯 보였다.

'완전히 다른 사람 같군. 도대체 무슨 일이 있었던 거지?'

위에서 그들의 전투를 바라보던 진아륜은 윤선미에 대한 의문이 들 수밖에 없었다.

"……!!"

그때였다. 윤선미의 주위로 마치 물을 응축시킨 것처럼 둥근 물방울들이 둥둥 떠오르기 시작했다.

'미스틱 서클? 아냐, 뭔가 달라.'

오직 마녀만의 공격 스킬인 미스틱 서클은 각각의 특성을 가진 마력구였다. 하지만 그것은 본디 단단하고 일정한 형태를 유지하는데, 그녀의 주위에 생성된 구슬들은 마치 물풍선처럼 출렁였다.

"말도 안 돼……."

구슬을 바라본 가드리엘은 믿을 수 없다는 표정을 지었다. 그건 순수한 마력 그 자체였기 때문이다.

"그곳에서 그 남자를 만나지 못했다면 얻지 못했을 힘일지도 모르지만……."

거미 여왕을 물리치고 마지막 직업을 얻는 순간, 윤선미는 둥지 아래에 숨겨진 방을 발견했다. 그와 동시에 마치 그녀를 기다린 것처럼 서 있던 한 남자.

그가 말했다.

"아마도 이 세계에서 당신만이 사용할 수 있겠지. 이건 블레이더의 유물 중 하나다. 일반적으로 너희가 생각하는 대륙의 유물이 아니지. 설명하기엔 복잡하지만⋯⋯ 이곳의 것이기도 하면서 동시에 다른 차원의 것이기도 하지. 쓰고 안 쓰고는 자유다. 뭐⋯⋯ 강무열은 거부했지만 말이야."

무슨 말인지 이해가 가지 않았다. 처음에는 이상한 말을 하는 그를 디아고와 같은 신의 대리자라고 생각했던 윤선미는 경계했다. 하지만 남자는 자신의 할 말만 하고서 유유히 사라졌다.

"이것의 이름은 바루나. 사용법은 마력을 다루는 당신이라면 본능적으로 알게 될 거야."

거미 여왕의 둥지에 있던 비밀의 방엔 그녀가 낳은 수많은 알이 있었다. 그와 함께 봉인되어 있던 힘. 남자는 둥근 구슬을 그녀에게 남기고 떠났다.

그리고 정말 그 구슬을 잡는 순간 그의 말대로 그 힘을 어떻게 사용하는 것인지 저절로 알 수 있었다.

콰아아아아앙---!!!

순간 아크-게일과 바루나의 힘이 마치 공명하듯 크게 흔들렸다.

"······?!"

"······!!"

두 사람은 그 광경에 서로 깜짝 놀라지 않을 수 없었다.

묘천마휘의 거미줄이 강렬한 진동에 끊어졌다. 구속이 풀린 가드리엘이 있는 힘껏 윤선미를 향해 검을 베었다.

콰가가가가각---!!

질풍 같은 검격이 윤선미를 향해 쏟아졌다. 이에 윤선미는 펼쳤던 팔을 오므렸고, 그러자 그녀의 주위에 있던 물방울 같은 마력구들이 검격을 막았다.

하나, 둘, 셋, 넷······.

펑-!! 퍼펑-! 펑! 펑! 펑---!!!

연달아 쏟아지는 마력의 구가 가드리엘의 공격을 막으며 터져 나갔다.

마지막 하나.

하지만 마력구는 마지막 검격을 막지 못하고 사라졌다.

핏······!!!

그 순간, 윤선미의 코끝이 살짝 베이며 붉은 선이 그어졌다. 자칫 잘못했다면 그녀의 목이 잘려 나갔을지도 모를 위험천만한 순간. 하지만 그녀는 아랑곳하지 않고 과감하게 가드리엘의 품 안으로 달려갔다.

스으아아악······!!

그녀이 양판에 다시금 마력이 응축되었다,

"으아아!!!"

그 순간, 전장에서 가드리엘의 외침이 울려 퍼졌다.

"당신······ 누구야."

사원 안에서 거미 여왕을 처치한 윤선미는 자신의 앞에 서 있는 남자를 바라보며 말했다.

"말했잖아? 얻고 안 얻고는 온전히 당신의 몫이라고. 단지 그냥 썩혀두기엔 아까워서. 이 차원에 남아 있는 유물 중에서 제대로 작동하는 몇 안 되는 물건 중 하나거든."

남자는 들고 있던 구슬이 무엇인지 잘 알고 있는 듯 익숙하게 만지며 말했다.

"이게 당신들의 리더가 하고자 하는 일을 해결해 줄 열쇠(Key)가 될 순 없을 거다."

처음에는 그저 검은 가면의 남자가 하는 말장난이라고 여겼다.

"하지만 우린 그걸 이렇게 부르지."

"컥…… 커억……."

가드리엘의 비명과 함께 그녀의 입에서 붉은 피가 흘러내렸다. 마력을 머금은 윤선미의 손날이 가드리엘의 허리를 깊이 찔렀다.

"죽이진 않아. 대장이 널 생포하라고 했으니까."

그녀는 허리춤에서 녹색 액체가 든 작은 병을 꺼내 가드리엘을 찌른 손 위에 뿌렸다. 스스로도 놀라지 않을 수 없는 힘이었다. 물방울 같은 푸른 구슬들이 끊임없는 마력을 그녀에게 주입하고 있었다.

"……."

그녀는 천천히 손바닥을 들어 보였다. 그러자 구슬들이 반응하며 그녀의 손을 타고 빙그르르 돌기 시작했다.

"하지만 우린 그걸 이렇게 부르지."

쓰러지는 가드리엘을 바라보며 윤선미는 처음이자 마지막으로 만난 그 의문의 남자가 한 말을 떠올렸다.

"마스터키(Master Key)."

쿠르르르르…….

그때였다. 회상도 잠시, 점차 안개가 걷히기 시작했다. 진법의 유효 시간이 끝난 듯 서서히 사라지는 안개 뒤편으로 아직 남아 있는 수호장과 병력이 보였다. 젊은 수호장이 쓰러진 가드리엘을 확인한 듯 저 멀리서 뭔가 소리치고 있었다.

윤선미는 그런 그들을 바라보며 품 안에서 두꺼운 책 한 권을 꺼냈다.

"작전대로 시행한다."

"알겠습니다."

"네."

그녀의 말에 데인 페턴슨과 하미드 자하르가 고개를 끄덕였다. 두 사람의 시선은 윤선미가 들고 있는 책에 집중되었다.

바로, 대마도서(大魔圖書) 폴세티아였다.

[네 부하들이 엘프들의 거점을 공격하기 시작했다. 놀랍군. 인간 중 폴세티아를 쓸 수 있는 자가 존재한다니 말이야.]

"그다지 놀라운 일도 아니야. 어차피 사용하기 위해 만들어진 물건이니까."

[지금까지 대륙의 역사 속에서 폴세티아를 사용했던 인간은 없다.]

"그건 대륙의 역사니까."

나르 디 마우그의 말에 무열은 천천히 자리에서 일어섰다. 그가 깔고 앉아 있던 시체가 털썩 하고 흔들렸다.

"……."

바닥에 꽂아놓았던 검을 뽑았다. 대륙의 상황을 알지 못한 채 차원문에서 흘러나오고 있는 마족의 잔당들을 처리하는 병사들의 전투 소리가 여전히 들려왔다.

'차원문이 닫히기까지 며칠은 더 걸리겠지. 그때까지 전투도 이어지겠고.'

"크아악……!!"

"아악!!"

비명이 들렸다.

고통에 차 자신도 모르게 튀어나오는 목소리는 결국 마족이나 인간이나 별반 다르지 않았다.

차원문 주위로 방책을 둘러싸고 랜스를 겨냥해서 문 안쪽에서 나오는 마족병들을 각개격파 한다.

'한 번에 차원문을 통과할 수 있는 숫자는 기껏해야 백여명. 물론 그게 고작 몇 초에 불과하지만 그 몇 초 안에 백여 명을 모두 죽일 수 있으면 문제가 되지 않지.'

선두에 선 무악부대는 오르도 창의 명령에 따라 창병이 죽이지 못한 강한 마족들이 반격하기 전에 숨통을 끊어놓았다. 무악부대의 부대원들은 모두 A랭커. 현시점에서 다른 종족의 일반 병사들의 일합(一合)에 죽일 수 있을 정도의 실력이었다.

[정말 폴세티아를 발동할 생각인가? 그 힘은 인간의 영역을 뛰어넘는 것이다. 자칫 잘못하면 대륙이 무너질 수 있다.]

"언제부터 백금룡이 세계를 걱정했지? 신을 죽일 수 있다면 인간 따위 안중에도 없던 게 아니었나?"

[흥…… 나는 단지 불완전한 인간이 감당하지 못할 힘을 사용해 혹여나 이 차원 자체를 붕괴시킬까 우려돼서 하는 말이다.]

무열은 나르 디 마우그의 말에 피식 웃고 말았다. 눈앞에서 창에 관통되어 죽어가는 마족들을 바라보며 웃는다는 것이 비현실적인 모습이었지만 그의 웃음은 즐거워서 나온 것이 아니었다.

비소(誹笑).

그의 얼굴은 무언가 경계를 넘은 것처럼 이십 대가 가질 수 없는 표정이 담겨 있었다.

"그럴 일 없으니 걱정 마라."

[어떻게 확신하지?]

"토착인과 외지인이 정말 똑같은 인간이라고 생각하나? 외관이 똑같다 하더라도 차원이 다르면 엄연히 다른 존재니까."

[그건 외지인들은 절대로 실패하지 않는다는 말로 해석해도 되는 건가. 마치 네가 나에게 했던 것처럼.]

"조금 다르지만 비슷하지."

무열은 자신의 뒤에 서 있는 나르 디 마우그를 바라봤다.

"폴세티아를 퍼부을 곳은 세븐 쓰론이 아니거든."

[……뭐?]

"엘븐하임의 여왕은 종족 전쟁이 시작되면 절대로 자신의 차원에서 벗어나지 않을 거다. 다른 종족들과 달리 그녀는 보호받아야 하는 대상이니까."

다른 차원의 통치자들과 달리 그녀는 영악하다. 아름다운 외견 속에 감춰진 검은 속내. 그녀는 자신의 안위를 가장 먼저 위한다. 그것이 자신의 종족이라 할지라도.

'본인이 약하기 때문이 아니다. 그저 그녀는 자신의 목숨을 위해서 무조건 자신의 병력만으로 전투를 하는 여자기 때문이지.'

오히려 라엘 스탈렌이 있었던 과거엔 자신들을 대적할 수 있는 인간은 없다는 것을 알았기 때문에 세븐 쓰론으로 넘어올 수 있었다. 하지만 무열의 존재를 알고 난 뒤 자신을 위협할 수 있는 인간이 있다는 사실을 인지하고 그녀는 종족 전쟁이 시작되고서도 엘븐하임 밖을 나가지 않았다.

"나오지 않는다면 굳이 힘들게 불러낼 필요 없다. 그녀가 있는 곳을 공격하면 되니까."

[설마…….]

"그래, 영혼 샘을 통해 엔븐하임과 연결한 뒤에 그곳으로 폴세티아를 영창할 거다. 마법이 실패한다 하더라도 우리에겐 위험이 없지."

[너의 잔인함은 정말 혀를 내두를 정도로군.]

"잔인?"

무열은 콧방귀를 뀌었다.

"인간을 실험체로 쓴 네 녀석이 할 말은 아닌 것 같은데. 나는 내가 가진 힘으로 전쟁에서 이기고 싶을 뿐이다. 죽일 때는 확실하게. 누구처럼 생명을 가볍게 다루지 않아."

[…….]

그에게서 느껴지는 분노에 나르 디 마우그는 입을 닫고 말았다.

무열과의 계약으로 본 드래곤이 된 이후 자신도 모르게 내재되어 있는 감정이 그와 동조되는 듯싶었다. 마치 오래전부터 알고 지냈던 사이처럼 변해가고 있었다.

하지만 무열은 달랐다. 그를 수족으로 부리고는 있지만 그가 했던 행위들을 절대로 용인할 생각이 없었으니까.

"폴세티아로 엘븐하임 전체를 날려 버린다. 그걸로 끝이겠지, 엘프군은. 시간을 끌 필요도 없어.”

물론 자신이 하는 행동 역시 용인받고 싶다는 바람도 없다. 누군가에게 인정을 받기 위해 하는 것도 아니었고 이해를 해주길 바라는 것도 아니다.

‘짊어질 것은 짊어진다. 하지만 절대로 패배는 있을 수 없다.’

무열은 검을 쥐었다. 그러고는 발밑에 있던 사체를 바라봤다. 조금 전까지 깔고 앉아 있던 사체.

“……이동한다.”

그는 그것을 아무렇지 않게 밟고 지나쳤다. 자신의 죽음을 받아들이지 못하는 듯 눈을 감지 못하고 동그랗게 뜨고 있는 사체.

바로, 마족군을 이끌던 마왕(魔王). 하가네였다.

‘저건……?!’

위그나타르는 강력한 마력이 거점의 앞에서 집중되고 있음을 직감했다.

그 와중에 두 명의 수호장 중 한 명의 마력이 급격하게 흔들렸다. 위태롭게 흐트러지기 시작하는 마력은 익히 알고 있는 것이었다.

'습격이라니⋯⋯. 가드리엘이 당할 정도의 실력자가 인간군에 있었던 건가?'

하지만 지금 중요한 건 그게 아니었다. 거점 앞에서 생성되는 마력은 충분히 엘프군을 위협할 수 있을 만한 힘이었다. 게다가 가드리엘이 당했다면 군을 통솔하는 사람은 쿠엘 칸 타누비엘 한 사람뿐.

'그의 실력은 뛰어나지만 이런 돌발 상황에서 군을 통솔하기엔 너무나 어리다.'

결국 자신이 가야 했다.

빠득.

위그나타르의 발걸음이 멈췄다.

"⋯⋯."

병력이 있는 곳을 바라보던 그는 모든 상황이 인간의 뜻대로 움직이게 되었다는 것을 직감했다.

결국 그는 선택의 기로에 놓였다.

'공격을 받고 있는 영혼샘을 방어해야 하는가, 아니면 두 명의 수호장을 구해야 하는가.'

카토 치츠카는 그의 고민을 읽은 듯 가볍게 웃고 있었다.

콰아아앙———!!!!

전투 속에서 고민은 결국 망설임을 만들게 된다. 그리고 그 망설임은 곧 빈틈으로 직결된다.

"……크흡?!"

위그나타르가 황급히 검을 들어 올렸다. 카토 치츠카 뒤로 잿빛의 줄기들이 살아 있는 것처럼 휘몰아치며 그를 덮쳤다.

"눈앞의 적을 두고도 잘도 딴생각을 하는군. 수호장(守護將)은 그렇게 대단한 실력을 갖고 있나 보지?"

"비켜!!"

조금 전까지의 여유로움이 사라졌다.

동료의 죽음과 엘븐하임의 위기. 두 가지를 모두 지키기기에는 시간이 부족했다.

'어차피 영혼샘을 발동하기 위해서는 내가 있어야 해. 거점보다는 가드리엘 일행을 구하러 가는 것이 낫다.'

급박한 상황에서도 그는 빠르게 계획을 짰다. 하지만 그 생각마저 알고 있다는 듯 카토 치츠카는 위그나타르에게 말했다.

"병력이 있는 곳으로 가려 하나? 걱정 마라. 저쪽에 있는 둘은 죽지 않을 테니까. 영혼샘을 발동하기 위해서 세 명의 수호장이 모두 필요하다는 건 이미 알고 있거든."

"……."

"드래곤들이 어째서 너희를 죽이지 않고 그저 북부 숲에 가두어 놓았을 거라고 생각해?"

"……."

"너희를 생포하라는 게 바로 강무열의 명령이었으니까."

"건방진 놈."

위그나타르는 자신의 검을 고쳐 쥐었다. 어서 빠져나가야 한다는 생각이 사라지자 그의 주변 공기가 차분하게 가라앉는 기분이었다.

카토 치츠카는 자신도 모르게 이마에 땀 한 방울이 주르륵 흘러내렸다. 하지만 그 날카로움을 즐기는 듯 그의 입꼬리가 씰룩였다.

"그 말은 너 역시 나를 죽이지 않고 제압할 수 있다는 뜻인가."

파앗———!!!

순간 위그나타르의 몸이 사라졌다. 그림자 속으로 빨려들어 가는 것처럼 형체도 없이 사라진 그를 카토 치츠카는 찾을 수 없었다.

쉐도우 워크(Shadow Walk).

위그나타르가 가드리엘이 디곤의 검술을 쓰는 것을 수치스러워하는 것에 대해 아무렇지 않게 위그나타르가 말한 이유가 어쩌면 이것일지 모른다.

평범한 엘프들은 따라 할 수 없는 그만의 고유한 보법.

"흡……!!"

카토 치츠카가 두 팔을 뻗어 타락을 쏟아냈다. 수십 개의 타락의 줄기가 그물처럼 겹겹이 쌓여 쏟아졌다.

하지만 그의 타락은 육안으로 좇을 수 없는 속도로 빠르게 사라진 위그나타르의 빈자리만을 파헤칠 뿐이었다. 타락의 줄기들은 목표를 찾지 못한 채 요란한 소리를 내며 허공을 갈랐다.

"타락을 가졌다고 우쭐하다니. 닿지 않으면 그만이다. 고작 이런 실력으로."

차가운 비수 같은 낮은 목소리가 카토 치츠카의 뒷덜미를 간질였다. 위그나타르의 검이 그의 목에 닿기 직전 차가운 기운이 느껴졌다.

그 순간, 위그나타르는 등골이 오싹해지는 기분을 느꼈다. 동시에 카토 치츠카는 뒤도 돌아보지 않은 채 위그나타르를 향해 나지막한 목소리로 말했다.

"물론, 혼자서는 무리지."

쿵⋯⋯!!

쿵!! 쿵⋯⋯!! 쿠웅⋯⋯!!!

그때였다. 일순간 두 사람의 머리 위로 그림자가 드리웠다. 미사일이 투하되는 것처럼 상공에서 금빛으로 빛나는 무언가가 사방으로 떨어졌다.

'마도기병(魔道騎兵)⋯⋯?'

거점의 성루에서 위그나타르는 사방으로 흩어지는 드래곤의 등 위에 있던 것을 봤다.

'마족군의 차원문으로 향하는 것 같았는데. 벌써 놀아온

건가.'

드래곤의 비행 속도는 상상을 초월했다.

"……."

그러나 드래곤이 직접 공격하는 것이 아닌 고작해야 인간이 만든 마법병이었다.

떨어진 마도기병은 모두 셋.

"고작 이런 걸로?"

종족 전쟁이 시작되기 이전부터 세븐 쓰론에 있었던 그는 상아탑의 존재를 이미 알고 있었다. 그리고 이것이 여명회가 만든 광휘병사를 개조한 것이라는 것 역시.

"이걸 만든 꼬마 녀석이 그러던데, 회색 교장에서 진 빚을 갚겠다고."

"……?!"

그때였다.

세 개의 마도기병의 가슴을 보호하고 있는 갑옷이 마치 조종석의 해치(Hatch)처럼 열렸다.

지이이이잉……!!

그 안에 있는 심장처럼 작은 상자가 빠르게 회전하며 빛을 뿜어내기 시작했다.

"……!!"

위그나타르는 그게 무엇인지 단번에 알 수 있었다. 어떻게 잊을 수 있겠는가. 회색 교장에서 보았던 꼬마가 썼던 큐브(Cube)를.

위그나타르는 바들바들 떨면서도 자신을 향해 정확히 큐브를 겨눴던 지옹 슈의 얼굴을 떠올렸다.

"그…… 애송이 녀석이!!!!"

그 순간, 그의 외침을 집어삼키기라도 하려는 듯 마도기병의 심장에서 뿜어져 나오는 마력 제어의 불꽃이 순식간에 일대를 덮쳤다.

※

"그래, 알겠다."

'카토 치츠카가 위그나타르를 생포하는 데 성공했군. 역시 그라면 힘의 차이와는 상관없이 가능할 것이라고 생각했다.'

위그(Ygg)에 위치한 상황실에서 들려오는 바이칼 가르나드의 보고에 무열은 고개를 끄덕였다.

'이제 정말 막바지에 도달했다.'

마족과 악마족, 그리고 네피림이 무력화된 시점에서 남은 종족은 엘프뿐이었다. 이제 엘프 역시 폴세티아가 발동하게 되면 끝날 것이다.

하지만 그토록 염원했던 종족 전쟁의 승리가 눈앞에 다다

랐음에도 불구하고 무열은 여전히 앞을 바라보고 있었다.

그는 생각했다.

'그리고 이제 드디어 내 3차 직업을 선택할 때이기도 하다.'

~~증즉 전쟁을 위한 전지이 아니었다. 그부다 더 큰 싸움 속~~
고 속이며 지금까지 참아왔던 계획.

무열은 눈빛을 빛냈다.

"이것 놔!!"

"흥……. 네놈들이 성공할 거라고 생각하나!"

"그렇다. 비열한 인간들!!"

콰앙—!!

강력한 힘에 가드리엘과 쿠엘 칸 티누비엘이 바닥에 무릎
을 꿇으며 주저앉았다.

"조용히 해. 너희들의 처지를 똑바로 봐라."

두 사람이 고개를 들자 그들의 눈앞에 자신들과 마찬가지
로 포박된 위그나타르를 볼 수 있었다.

"이게…… 어떻게."

가드리엘은 믿을 수 없다는 표정을 지었다.

자신을 바라보는 그녀를 향해 무열은 담담한 어조로 말했다.

"너희는 패했다."

황금색으로 되어 있는 큐브가 마치 수갑처럼 위그나타르의 양손과 발에 채워져 있었다. 믿었던 마지막 카드마저 사라진 지금 가드리엘은 망연자실한 얼굴이었다.

무열은 그런 그녀에게 말했다.

"너희를 살려둔 이유는 잘 알겠지. 영혼샘을 열어라."

"미친."

가드리엘은 으르렁거리듯 무열에게 말했다.

"누가 네놈들에게 영혼샘을 열어줄 것 같나!! 그리고 도대체 당신은 뭘 한 거야!! 적어도 당신은 잡히지 말았어야 하잖아!"

무열은 위그나타르에게 소리치는 그녀를 바라보며 대답했다.

"왜지? 너는 되고 그는 안 되는 게."

그의 말은 차가웠다.

"둘 다 약하기 때문에 잡힌 것이다."

빠득.

비수 같은 그 말에 그녀는 이를 갈았다.

"우리가 허락하지 않으면 절대로 영혼샘은 열 수 없다. 너희들이야말로 헛수고를 하는 거야!"

가드리엘은 무열을 비웃으며 소리쳤다. 하지만 그런 그녀의 반응에도 불구하고 오히려 그는 그럴 거라고 생각했다는 듯 고개를 끄덕였다.

"너희들 중 누가 그랬었지. 세븐 쓰론의 역사상 가장 위대한 마법사들이었던 7인의 원로회가 만든 회색 교장이란 곳이 엘븐하임의 건물을 본떠 만든 것이라고 말이야."

"무, 뭐?"

무열이 위그나타르를 바라보며 말했다.

분명 그런 말을 했다. 위그나타르는 회색 교장에서 그와 만났던 일을 기억해 냈다.

"인간의 마법이 엘프에게서 전해진 것이라면 어째서 인간은 많은 종족 중에 엘프의 마법을 배웠을까. 확실히 마법에 관련해서 너희만큼 뛰어난 종족이 없기 때문이겠지."

"무슨 말을 하고 싶은 거지?"

자연적으로 마법을 습득한 인간들도 있을 테지만 먼 과거, 7인의 원로회의 원류가 엘프에게 있다면 토착인의 마법의 대부분은 엘프에게서 파생되었다고 봐도 무관할 것이다.

"하지만 인간인 우리들조차 그 누구도 마법을 익히는 자들의 본질이 순수하다고 생각하지 않는다. 아니, 일반인보다 더욱 괴팍하고 꼬여 있지."

7인의 원로회만 보더라도 알 수 있다. 오랜 세월, 마법을 연구하던 그들은 하나같이 정상이 아니었다. 그렇지 않다면 자신들을 위협하는 제자의 사지를 잘라 봉인하는 미친 짓은 하지 않을 것이다. 그만큼 삐뚤어진 성격과 생각을 가진 자들이야말로 마도를 탐구하는 자들이라 할 수 있었다.

"그런 녀석들이 곧이곧대로 엘프들에게 감사하며 살았을 리가 없잖아."

무열의 말에 포박되어 있는 세 명의 수호장의 눈빛이 흔들렸다. 마치 재미있는 사실을 이야기하는 사람처럼 무열의 입꼬리가 기묘하게 올라갔다. 천천히 무릎을 꿇고 가드리엘의 귓가에 그는 속삭이듯 말했다.

"누군지 몰라도 처음 엘븐하임의 마법을 이곳으로 가져왔을 때는 굽실거렸을지도 모르지. 하지만 적어도 속으론 이런 생각을 했을걸."

한 마디 한 마디가 그들의 귀를 파고들어 새겨졌다.

"녀석들의 마법을 파헤쳐서 훨씬 더 강한 마법을 만들겠다라고."

"이…… 이익……!!"

그의 말이 끝남과 동시에 가드리엘은 더 이상 참을 수 없다는 듯 무열에게 달려들려 했으나 팔다리가 모두 묶여 있는 그녀는 앞으로 고꾸라지며 넘어질 뿐이었다.

꽈아악.

바닥에 쓰러진 그녀의 머리를 지그시 눌렀다.

"읍…… 우읍……!!"

흙먼지기 가드리엘의 일굴에 잔뜩 묻었다. 눌린 입안으로 모래들이 들어갔다.

"그중에서도 가장 특이한 녀석이 있지. 사지를 잘라 봉인한 인간들도 미친놈들이지만 사지가 나뉘어 봉인된 채로도 죽지 않고 영혼으로 살아 있던 놈."

바로, 안티홈 대도서관의 주인. 나인 다르혼.

무열은 바닥에 쓰러진 가드리엘의 머리를 움켜쥐었다.

"그가 이런 마법을 만들었지."

위를 쳐다볼 수 없는 그녀는 그의 손이 닿자 본능적으로 불안함에 몸을 부르르 떨었다.

[불멸회 초대 마법 - 마력 추출]

"엘븐하임의 영혼샘은 오직 엘프의 마력만으로 발동한다면 그 마력을 쓰면 그만. 인간은 마력을 가진 생명체에게서 마력을 뽑아낼 수 있는 마법마저 창조해 냈다."

"······!!"

그 순간 무열의 팔이 파르르 떨리며 그의 혈관을 따라 녹색 빛의 마력이 천천히 생성되기 시작했다.

"아악······!! 아아아악!!!"

그와 동시에 귀를 찌를 것 같은 가드리엘의 비명이 터져 나왔다.

"……."

끔찍한 광경이었지만 그 누구도 그곳에서 눈을 떼지 않았다. 강찬석, 오르도 창, 최혁수, 진아륜, 윤선미, 최은별, 강건우……. 많은 사람이 마치 약속이라도 한 듯 처음부터 끝까지 무열의 모습을 바라봤다.

그건 의지(意志)였다. 만약 그곳에서 자신이 눈을 돌린다면 그건 무열의 행동을 부정하는 것이 되리라고 생각했기 때문이다. 그와 동시에 그들 스스로 감당해야 할 일이기도 했다. 언제나 손을 더럽히는 일은 강무열이란 남자가 도맡아 했었기 때문이다.

꽈악…….

하지만 육체에서 마력이 뽑히고 있는 가드리엘의 모습을 보며 윤선미는 자신도 모르게 천륜미와 잡고 있던 손에 힘이 들어갔다.

"그만!!! 그만해!!!"

위그나타르가 온몸의 혈관이 도드라지며 숨조차 제대로 쉬지 못해 헐떡이는 가드리엘의 모습을 바라보며 소리쳤다.

"그만두면?"

하지만 그의 외침에도 불구하고 무열은 계속해서 마법을 시전했다.

"그녀를 살려주면 넌 무엇을 할 건네? 엘프군 수호장이란 녀석이 자신의 여왕이 있는 엘븐하임의 문을 스스로 열겠다는 말인가?"

"……."

갑시 그에게 고개를 돌렸던 무열은 다시금 마력 추출에 집중하며 말했다.

"너의 여왕은 다른 권좌의 주인과 달리 직접 종족 전쟁에 참여하지 않을 거란 걸 너도 알고 있겠지. 그녀를 만나기 위해서는 이 방법뿐이다."

"컥…… 커어억……. 크흑……."

그녀는 숨을 쉴 수 없을 만큼 고통스러운지 마구 발버둥쳤다.

"만약 네가 이들을 설득해서 정말 영혼샘을 발동시킨다면 적어도 너희들의 목숨은 살려주겠다."

"……어떻게 믿지?"

"네놈은 이 와중에도 거래를 하려는 거냐?"

무열은 위그나타르의 말에 콧방귀를 뀌었다. 그러고는 그녀의 머리채를 잡고서 그대로 그의 앞에 내던졌다.

"헉…… 허걱……. 허어억……."

쇳를 긁는 듯한 소리가 가드리엘의 목에서 터져 나왔다. 마치 쐐기를 박듯 무열은 바닥에 쓰러진 그녀의 목을 움켜쥐며 말했다.

"너는 나와 거래를 하러 온 게 아니다. 네 처지를 잊지 마. 이제 조금만 더 마력을 추출하면 이 엘프는 죽을 거다."

"……."

그의 말을 듣는 순간 위그나타르의 눈썹이 씰룩였다.

"그렇게 하겠다. 그러니 그녀를 죽이지 말아다오."

모두의 예상을 뒤엎고 그는 엘븐하임이 아닌 눈앞의 엘프를 선택했다. 모두가 놀랐지만 무열은 그의 대답을 예상한 듯 고개를 끄덕였다.

"좋다. 게다가 너에겐 들어야 할 이야기가 좀 있으니까. 너도 알겠지. 약속의 땅에서의 일을 말이야."

"……."

무열은 가드리엘의 머리에서 손을 떼었다.

"하악…… 하악……."

그가 마법을 거두자 가드리엘은 거친 숨을 토해냈다. 타액과 흙이 엉겨 엉망이 된 얼굴의 그녀는 바닥에 쓰러진 채 마치 전기에 감전된 것처럼 이따금 몸을 떨었다.

"윤선미, 그녀를 치료하도록 해. 영혼샘을 발동시키려면 적어도 영창을 할 수 있을 정도의 정신은 가져야 할 테니까."

무열의 부름에 그녀는 고개를 끄덕이고는 쓰러진 가드리엘을 살폈다.

"그동안…… 넌 나와 얘기를 해야겠지."

"영혼샘을 발동시키는 데엔 막대한 체력이 필요하다. 오늘은 불가능하다. 그녀가 회복할 시간이 필요해."

위그나타르의 말에 무열은 냉소를 지었다.

"잔머리 굴리지 마, 결정은 내가 하다 살려주겠다고 했지 공주님처럼 대우해 주겠다고 한 적 없다. 목이 잘리지 않은 것만으로도 감사히 여겨."

"네놈……!!"

쿠엘 칸 티누비엘이 무열을 향해 뭐라 소리치려 했지만 그는 제대로 말도 하지 못한 채 그대로 뒤로 나자빠졌다.

"컥…… 커헉……."

"죽지 않아. 검집에 넣어뒀으니까."

무열이 던진 격로검이 쿠엘의 복부를 깊게 찔렀다가 바닥에 떨어졌다.

"끼어들지 마라. 너와 얘기하고 있는 게 아니니까."

냉정해질 때는 철저하게.

"휴식은 1시간이다. 그 뒤에 영혼샘을 발동시킨다."

무열은 세 사람을 천천히 훑으며 말했다.

"1시간 뒤."

그는 모두가 들을 수 있도록 또박또박 말했다.

"엘븐하임은 사라질 것이다."

[크르르르…….]

여기저기서 야수의 울음소리가 들렸다.

하지만 오랫동안 활동이 멈춘 화산의 정상에서 야수들은 그저 경계를 할 뿐 더 이상 이렇다 할 행동을 하지 않았다.

"빌어먹을 놈……."

놀랍게도 야수들이 경계하는 것은 사람이었다.

바위틈 사이에 깔린 남자는 옴짝달싹하지도 못하고 있음에도 불구하고 그가 풍기는 기운에 야수들이 다가가지 못하고 있었다.

저벅– 저벅– 저벅–

걸음 소리가 들렸다.

"살아 있나."

"음……?! 누구지? 설마 저기 쓰러진 녀석의 동료인가? 안타깝게도 죽었다. 운이 나빴지. 네피론에게 당했다."

남자는 자신 역시 결코 좋은 상황이 아님에도 불구하고 자신의 처지는 상관없다는 듯 저 멀리 벽면을 가리켰다.

"하긴 운이 나쁘기로 말한다면 내가 더 지랄 맞지. 간신히 네피론을 길들이나 싶었는데 별 이상한 놈에게 당해서 말이야."

"이대범. 죽었다고 들었는데, 아닌가 보군."

남자의 말에 그가 인상을 구겼다.

"죽긴 누가 죽어?"

"지금 꼴을 봐서는 죽은 거나 다름없겠는데."

"쳇······! 이까짓 거······"

호기롭게 말했지만 그의 몸을 누르고 있는 바윗덩이들을 부수기엔 역부족이었다.

"젠장······."

"이정진은 어디로 사라졌나. 널 공격했던 자, 그가 네 스킬을 흡수했다는 말이 있던데. 죽지 않은 걸 보니 그건 아닌 것 같고. 그가 어느 방향으로 갔지?"

"너······ 뭐야."

검은 로브의 남자는 이대범의 말에는 관심 없는 듯 무너진 바위 옆으로 걸어갔다. 반대쪽에 쓰러진 병사의 앞에 반쯤 부서진 거대한 뼈가 나뒹굴고 있었다.

'네피론은 죽은 모양이군.'

그는 고개를 끄덕이고는 품 안에서 알 수 없는 가루를 뼈 주위로 뿌리기 시작했다.

"어이!! 정체가 뭐냐고!! 강무열이 보낸 사람이냐!"

이대범이 그를 향해 외쳤다.

"딱히."

그의 외침에 비해 남자의 대답은 시큰둥했다.

그때였다.

[크우우우우우---!!!]

날카로운 몬스터의 포효가 산 정상에서 울렸다. 이대범은 귀에 익은 그 목소리에 놀라지 않을 수 없었다.

'저놈…… 뭐지? 설마 사체를 되살린 건가?

너부러져 있던 뼈가 들썩이더니 검은 연기 같은 것이 솟구쳐 올랐다. 하지만 이대범은 곧 포효가 사체에서 나오는 것이 아닌 검은 연기에서 나오는 것임을 알았다. 검은 연기는 점차 형상을 갖추기 시작했다.

바로, 죽었던 네피론이었다.

"영혼 포박(靈魂捕縛)."

남자가 몇 번 손을 휘젓자 그의 손에서 뻗어 나온 붉은 줄이 네피론의 목을 목줄처럼 휘감기 시작했다.

[푸르르르……]

그러고는 검은 네피론의 목을 잡아당기자 실체가 없이 연기로 만들어진 비룡이 주인을 섬기듯 머리를 조아렸다.

"할 일이 있다. 나를 돕겠다면 거기서 널 꺼내줄 수 있는데."

"너…… 누구야."

그가 이대범을 바라보며 천천히 입을 열었다.

"김인호."

"시작한다."

위그나타르는 나지막하게 말했다. 영혼샘이 있는 사원을 둘러싸고 있는 세 명의 수호장은 떨리는 눈으로 서로를 바라봤다.

"정말…… 할 생각이야?"

"물론이야."

"어떤 일이 벌어질지 당신도 알 텐데. 차라리 지금이라도……."

가드리엘은 포박이 풀려 자유로운 상태가 된 두 손을 어루만지며 조용히 말했다.

"도망? 녀석들이 족쇄를 풀어준 거야말로 가장 굴욕적인 일이다. 언제 도망가도 잡을 수 있다는 자신감. 게다가 이대로 도망쳐 봤자 거점에 잡혀 있는 엘프는 모두 죽게 된다."

"하지만 영혼샘을 열어 엘븐하임으로 가는 문을 열게 되면 어떻게 될지 당신도 잘 알잖아!!"

온전한 정신이 아닌 상태에서도 그녀는 무열이 한 말을 똑똑히 들었다. 차원문이 열리면 그 안에 폴세티아를 발동하겠다고 했던 말. 한마디로 말해서 엘븐하임을 완전히 괴멸시키겠다는 뜻이었다. 그리고 그것을 수호장인 자신의 손으로 행한다는 것이 가드리엘로서는 용납할 수 없는 일이었다.

"우리가 하지 않아도 저자는 우리의 마력을 뽑아내서 영혼 샘을 열 거다. 결국 결과는 똑같아."

"그렇다고 적을 돕겠다는 말이야?"

위그나타르는 그녀의 말에 차갑게 대답했다.

"인정해. 엘프는 종족 전쟁에서 패배했다. 지금 내가 할 수 있는 일은, 무엇을 해도 같은 결과라면 최대한 많은 병사를 살릴 수 있는 쪽을 선택하는 것이다. 그리고 너희의 목숨까지."

"크윽……."

그는 구겨지는 가드리엘의 표정에 차마 하지 못한 말을 삼키며 생각했다.

'가드리엘, 나를 탓해도 어쩔 수 없다. 이게 가장 많은 엘프를 살릴 수 있는 방법이란 내 말은 단지 세븐 쓰론에 소환된 병사만을 뜻하는 것이 아니다.'

"분명 시간을 줬을 텐데. 단순히 먹고 떠들라고 준 시간이 아니다. 고작 셋의 의견조차 타협하지 못했나? 쓸데없는 대화가 왜 이렇게 길지?"

"네놈……."

"미안하게 됐다. 그녀는 부상에서 깨어난 지 얼마 되지 않아 설명할 시간이 부족했다."

"부족한 건 시간이 아니라 네 의지겠지."

무열은 위그나타르를 향해 한 치의 양보도 없이 강하게 말했다.

"지금 당장 소환 의식을 실행해라."

"……."

무열의 명령에 가장 먼저 위그나타르가 영혼샘이 있는 사원의 한구석으로 걸어가 섰다.

그 모습을 본 쿠엘 칸 티누비엘은 당황스러움이 역력한 얼굴로 그와 가드리엘을 서로 번갈아 가며 바라봤다.

"죄, 죄송합니다."

그러고는 결국 그녀가 아닌 위그나타르를 따라 반대쪽 기둥에 섰다.

"너……!!"

고개를 숙인 그를 향해 가드리엘은 소리쳤다.

"네가 그러고도 전(前) 수호장의 아들이야!!"

"없는 이를 말해 뭐 해, 가드리엘. 지금은 우리가 수호장이다. 셋 중 둘이 선택한 일이야. 너도 이제 그만 따라."

"절대 못 해!!"

그때였다.

콰아아앙───!!

"컥!!"

"못 하면 하지 마. 부탁한 적 없다."

"컥…… 커억……."

그녀의 몸이 기역 자로 꺾였다. 숨을 쉴 수 없을 정도의 고통에 그녀는 그대로 쓰러지고 말았다.

"위그나타르, 이걸로 됐다. 조금의 수고는 덜었다. 한 명의 마력만 뽑으면 되니까."

세 사람을 지켜보던 무열은 그대로 가드리엘의 목덜미를 잡았다.

"명예로운 수호장으로서 죽는 것도 적에 대한 예의를 지키는 것이라 생각하니까. 너는 내가 직접 죽여주마."

"네…… 네놈……."

가드리엘은 파르르 떨리는 눈으로 무열을 바라봤다.

"패배를 인정하고 받아들여라. 그러면 살아남는 것이고, 반대로 그렇지 못하면 죽는 것이다. 그게 전쟁이니까."

무열은 그녀를 향해 차갑게 말했다.

퍼억-!!

"그게 내가 세븐 쓰론에서 살아온 방식이다."

그가 그녀의 목덜미를 내려치자 바둥거리던 그녀의 몸이 실이 끊어진 인형처럼 축 늘어졌다.

"자, 잠깐!!"

그것을 본 순간 위그나타르는 다급하게 무열은 말렸다.

"그녀는 정신을 잃었다. 영혼샘을 시전하는 마법의 영창은 나 혼자서도 충분하다. 두 명은 그저 마력을 이어주는 매개체가 되면 되니까. 그대로 저 기둥에 내려놓아 줄 순 없나?"

그는 마른침을 삼키며 무열을 바라봤다.

"우리 셋의 마력을 모두 뽑아서 네가 시전하는 것이 아닌 이상 오히려 불입화음이 일어날 수 있어. 너에게도 기쁜 일이 없는 방법일 텐데."

"……."

얼마의 시간이 흘렀을까.

무열과 위그나타르의 시선이 서로 교차된 채 멈춰 있던 중 먼저 움직인 것은 두 사람 중 무열이었다.

그는 쓰러진 가드리엘을 위그나타르가 말한 기둥에 내려놓았다.

"……고맙다."

"피차 마찬가지다."

"뭐?"

"약간의 오해는 감수해야 할 위치라는 거지, 너와 난."

그의 말에 위그나타르는 씁쓸한 표정으로 나지막하게 웃었다.

쿠엘은 두 사람을 바라보며 이해가 가지 않는다는 표정을 지었다.

'위그나타르 경은 저자와 무슨 얘기를 했던 걸까.'

가드리엘이 깨어나기까지 기다렸던 시간 동안 무열과 그가 비밀리에 나눈 대화. 그건 아무도 알지 못한다. 하지만 그 대화를 끝으로 위그나타르는 어쩐 일인지 무열의 말을 고분고분 따랐다. 서로의 목숨을 노린 적이었던 그들인데 말이다.

'……내가 그런 말을 할 처지가 아니겠지.'

쿠엘은 씁쓸한 표정을 지으며 위그나타르를 바라봤다.

죽음이 두려워서 엘프를 배신하는 일에 결국 가담한 것이니까. 가드리엘의 말처럼 수호장이었던 아버지를 볼 낯이 없다. 하지만 언젠가 그를 질책한다 하더라도, 적어도 지금은 아버지를 만나고 싶지 않았다.

"시작해라."

무열의 말에 위그나타르는 고개를 끄덕였다.

'쿠엘, 너는 그렇게 하면 된다. 너를 탓하는 자는 없을 것이다. 모든 책임은 내가 질 것이니까. 이 행위가 비난받을지 몰라도 그 비난을 할 자손이 남는 것만으로도 나는 영혼샘을 열 것이다.'

위그나타르는 천천히 마법을 영창하기 시작했다.

촤아아악……!!!

영혼샘에 고여 있던 물이 공중으로 솟구쳐 올랐다. 쿠엘이 그에게 자신의 마력을 집중시켰고 가드리엘의 마력은 그녀의 의지와 상관없이 영혼샘에 반응하여 흘러나오기 시작했다.

팍…… 파박……!!

파바박……!!

솟구친 물방울들이 공중에서 응축되어 커다란 물방울이 되었다.

영공인 빛을 뿜어내는 물방울이 위그니미르의 손에 닿자 다시 한번 사방으로 터져 나갔다. 마치 분무기로 물을 뿌린 것처럼 퍼져 나간 입자들이 점차 하나의 면을 형성하고 물의 장막이 영혼샘의 위에 생성되었다.

우우우우웅…….

가볍게 떨리는 진동과 함께 영혼샘의 맨 위에 장식되어 있는 커다란 녹색의 보석이 반짝이기 시작했다.

마치 홀로그램처럼 보석에서 뻗어 나온 빛이 장막에 비치자 영혼샘의 물이 소용돌이치며 파문이 일기 시작했다.

영혼샘과 장막이 연결된 순간, 커다란 거울처럼 투명한 문이 만들어졌다. 그리고 그 안에는 또렷하게 엘븐하임의 왕성이 창문 너머로 바라보는 것처럼 나타났다.

"약속은……."

"걱정 마라. 지킨다."

차원문이 완성되자 위그나타르는 조심스럽게 무열에게 말했다.

"폴세티아를 준비한다."

무열은 그의 말에 망설임 없이 대답하고는 손을 들어 올렸다. 윤선미를 비롯한 마법부대가 그의 말에 영혼샘을 감싸기 시작했다.

"……."

그런 그들을 위그나타르는 긴장된 표정으로 바라봤다.

쿠엘이 궁금해했던 두 사람의 대화. 그 속에 적어도 단 한 가지 확실한 것은 있었다.

꽈악.

그가 주먹을 쥐었다.

'나는 엘븐하임을 지킨다. 그곳에 살고 있는 엘프들 역시.'

생성된 차원문을 바라보며 위그나타르는 생각했다.

1시간 전.

"오랜만이군. 입장이 조금 달라졌지만 말이야."

"엘프가 인간에게 질 것이라고는 조금도 의심하지 않았었는데. 이렇게 된 것도 모두 신의 뜻이겠지."

위그나타르의 말에 무열은 피식 웃었다.

"약속의 땅을 나에게 안내한 네가 신을 들먹이는 게 우습지만, 뭐 좋다. 단도직입적으로 묻지. 검귀와 너, 무슨 관계지?"

그의 물음에 위그나타르는 이미 예상했다는 듯 가볍게 어깨를 끌어 올리며 말했다.

"아무 사이도 아니다."

"그런데 어째서 네가 그의 쪽지를 나에게 전한 거지?"

"……."

"침묵을 해야 할 만큼 중대한 일이란 뜻으로 해석하지. 자신의 상황을 차치하고서까지 말이야."

무열은 둘밖에 없는 사원 가장 안쪽에서 위그나타르를 향해 말했다.

"그럼 질문을 달리하지. 너는 이것에 대해서 알고 있겠지."

그는 검 살해자를 들어 위그나타르에게 보였다.

하지만 단순히 무열이 그에게 검에 대해서 물으려고 하는 것이 아니었다.

검 아래 새겨진 탑 문양을 그에게 보였다.

"모른다고 할 순 없을 거야. 같은 그림이 위대한 마법에도 그려져 있으니까."

"그래서?"

위그나타르의 눈동자가 가볍게 흔들렸다. 무열은 그것을 놓치지 않았다.

정령계에서 디아고에게서 들었던 세계의 형태는 검 살해자와 위대한 마법의 석판에 그려진 탑 모양과 똑같았다.

'디아고는 세계의 형태는 오직 신만이 알고 있다고 했다. 하

지만 이 두 개의 무구 속에 새겨진 탑은 그것을 아는 자가 존재한다는 의미다.'

"내가 묻고 싶은 건 하나다. 검귀가 이 탑에 대해서 알고 있었나 하는 것."

무열은 그 대상자로 검귀를 지목했다. 그는 이 세계에서 가장 이질적인 존재였다.

"파렐(Pharel)."

"……음?"

"검과 석판 두 곳에 새겨진 탑의 이름이 파렐이다."

"그걸 네가 어떻게 알지?"

위그나타르의 말에 무열은 검 살해자에 새겨진 탑을 바라봤다.

"나 역시 들었을 뿐이다. 네가 생각하는 자에게."

무열은 그를 바라보며 눈을 가늘게 떴다.

"하지만 그뿐이다. 그 이상은 나 역시 알지 못해. 그가 무슨 생각인지 무엇을 하려고 하는지 역시."

"그래?"

"다만 그가 내게 한 말은 있다."

"그게 뭐지?"

"언젠가 파렐이 나타나게 될 것이다."

"무슨 뜻이지?"

"글쎄, 그가 위대한 마법을 가지러 오는 자에게 그렇게 말하라고 하더군."

무열은 그의 말에 감을 잡기 힘들었다.

'디아고는 세계의 구조가 탑이라고 했다. 하지만 그거 말 그대로 그 자체를 뜻하는 것. 그럼…… 파렐이라는 탑은 다른 의미인 건가.'

"그리고 또 한 가지. 위대한 마법으로는 신을 죽일 수 없다."

위그나타르는 중요한 사실인 듯 조심스럽게 말을 꺼내었다. 하지만 그런 그와는 달리 무열의 반응은 차가웠다. 조금 전까지 들었던 의문을 감추려는 듯, 그는 더욱 강하게 말했다.

"별로 놀라운 것도 아니군. 애초에 가능하다고 생각하지 않았으니까."

"……?!"

"자신을 죽일 수 있는 마법을 버젓이 남겨둘 만큼 신은 바보가 아니겠지."

무열은 위그나타르의 말에 생각했다.

"좋다. 네 반응을 보니 정말 거기까지군. 너에게 묻고 싶은 건 이것뿐이었다. 어차피 네가 뭘 할 수 있는 것도 아니니까."

"알고 있다니? 설마 다른 방법이라도 생각하고 있단 말인가?"

"글쎄."

알 수 없는 그의 말에 위그나타르는 더욱더 혼란스러운 표정이었다.

"네가 나와 같은 길을 걷겠다면 알려주겠지만. 궁금한가?"

꿀꺽.

위그나타르의 눈동자가 흔들렸다.

궁금했다. 하지만 물어볼 엄두가 나지 않았다.

"……."

그는 자신이 생각보다 너무 많은 일에 관여를 한 것이라는 생각이 들었다.

"네가 해야 할 일은 간단하다. 영혼샘의 문을 여는 것. 날 믿어라. 그게 엘프를 살릴 수 있는 방법이다. 네가 가진 수호(守護)라는 직책이 종족을 위한 것인지 한 명의 엘프를 위한 것인지 잘 생각해 봐야 할 것이다."

"……그걸 어떻게 믿지?"

그의 물음에 무열은 낮은 목소리로 말했다.

"간단하다. 너희가 희생할 필요는 없다. 패배를 위해선 여왕의 목만 베면 되니까. 폴세티아는 그녀를 끄집어내기 위한 미끼일 뿐."

"후아…… 살겠군."

"그렇게 깔려 있는데 죽지 않은 걸 보니 황당한 육체긴 하군."

"구해준 건 고맙지만, 아깝네. 검은 비룡을 길들일 수 있는 절호의 기회였는데."

이대범은 김인호의 옆에 서 있는 검은 네피론을 바라보며 입맛을 다셨다.

그런 그의 모습에 로브로 얼굴을 가리고 있던 김인호는 황당하다는 듯 헛웃음을 지었다.

"너 조금 전까지 죽을지도 모르는 상황이었다는 걸 잊은 거냐. 잘도 그런 소리가 나오는군."

"하하하. 이젠 아니잖아?"

"태평한 건지 원……."

김인호는 고개를 저으며 말했다.

"그건 그렇고 내가 이곳에 있다는 건 어떻게 알았지? 보아하니 강무열의 사람은 아닌 것 같은데."

"모든 사람이 그의 밑에 있는 건 아니니까."

"흐음, 그래 봐야 이미 권좌의 주인은 강무열인걸."

"너도 마찬가지 아닌가? 네 동생 이신우는 그의 밑에 들어갔지만 딱히 너는 그의 사람이라고 하긴 뭐하지."

그는 지금 상황을 보라는 듯 손으로 주위를 훑으며 말했다.

"크큭……. 나야 워낙 삐뚤어진 놈이니까. 좋아, 일단 들어보지. 목숨값은 해야 할 테니까. 내가 도와줘야 할 일이 뭐지?

이제 와서 권좌를 노리는 건 아닐 테고. 종족 전쟁과 관련된 일인가?"

"관련이 되었다면 되었고 아니라면 아닐 수 있지."

그의 대답에 이대범은 인상을 찡그렸다.

"뭐가 그렇게 복잡해? 간단히 말해. 그리고 웬만하면 좋게 넘어가지? 어차피 곧 종족 전쟁이 끝나고 모두가 현실로 돌아갈 텐데."

이대범은 지겨운 듯 크게 하품을 하며 말했다. 그가 입을 막으며 손바닥을 움직일 때마다 커다란 근육이 꿈틀거렸다.

"그래서 더 서둘러야 하는 거다. 종족 전쟁과 관련되었다는 건 바로 전쟁이 끝나기 전에 해야 할 일이라는 것이니까."

"흐음……?"

모두가 원하는 현실로의 귀환.

하지만 김인호는 오히려 그 반대를 말하고 있었다. 이대범이 그를 바라봤다.

"현실로 돌아가면 찾을 수 없을지 모르니까."

이대범은 그의 말에 피식 웃었다. 야수와 같은 그는 동물적인 감각으로 김인호의 말에서 풍기는 냄새를 포착해 냈다.

"찾을 수 없는 게 아니라 죽이기 어려워서가 아니고? 뭣 같은 곳이지만 여기가 딱 하나 좋은 게 바로 그거니까."

"……"

김인호는 아무런 대답을 하지 않았다. 하지만 그것만으로도 충분히 대답이 되었다는 듯 이대범은 자리에서 일어서며 말했다.

"뭐, 누구나 원한은 있게 마련이니까. 하지만 딱히 남의 개인사에 끼는 건 사양인데."

"네게도 나쁜 제안은 아닐 거다. 내가 찾으려는 놈은 바로 널 이렇게 만든 장본인이니까."

그 순간, 이대범의 짙은 눈썹이 씰룩거렸다.

"뭐……? 그 자식을?"

"그래."

"그 말은 네가 그 뭣 같은 새끼가 누군지 안단 말이야? 내 뒤통수를 치고 네 피론을 빼앗은 놈이?"

"물론이다."

"그렇다면 말이 달라지지. 네가 무슨 원한이 있는지는 모르겠지만 상관없어졌어. 이건 오히려 내 일이기도 하니까."

이대범은 김인호에게 손을 내밀었다.

"어디 있는지 말만 해라. 그 새낄 족쳐 줄 테니까."

투박하고 우람한 그 손을 바라보며 김인호는 고개를 끄덕였다.

고스트 바인드(Ghost Bind).

전생(前生)에서 이강호의 제자들조차 물리치지 못했던 엔더러스를 파괴한 남자. 하지만 그 이후 대도서관에 틀어박혀 오로지 마법에 심취해 있었던 사령군단(死靈軍團)의 주인.

무열이 그때의 기억을 떠올려 그를 영입하기 위해 대도서관을 찾았을 땐 이미 자리를 뜬 이후였다. 그는 권좌 전쟁 때도, 종족 전쟁이 일어난 지금에도 인간들의 싸움에 무관심했었다. 불멸회의 모든 마법사를 동원해 찾으려 했지만 찾을 수 없었던 그가 지금 스스로 모습을 드러낸 것이다.

"강무열이 종족 전쟁에서 승리하기 전에……."

김인호는 이대범을 바라보며 말했다.

"이정진을 찾는다."

우우우웅———!!!

영혼샘이 발동되자 사원 안은 새하얀 빛으로 가득 차기 시작했다. 거점의 밖에 있던 엘프들은 그 빛을 바라보며 불안한 눈빛으로 말했다.

"저건 설마……."

"정말로 영혼샘을 연 건가?"

"그렇게 되면 엘븐하임은 어떻게 되는 거지?"

"제길……."

누구는 슬픈 목소리로, 어떤 이는 분노에 찬 목소리로 말했지만 그들은 자신들을 포위하고 있는 병사들을 제대로 마주 보지 못하고 고개를 떨구었다. 어떤 말을 하더라도 결국 지금 상황을 바꿀 수 없으니까.

패배(敗北).

이 두 글자를 뒤집을 수 있는 방법은 없었다. 할 수 있는 것이 없었다. 거점 안의 영혼샘에서 무슨 일이 일어나고 있는지 보는 것조차 그들에겐 허락되지 않았으니까.

콰가가가강……!!!

콰강……!!

샘의 소용돌이가 끝남과 동시에 열린 차원문은 요란한 소리와 함께 요동치기 시작했다.

"저곳인가."

문 뒤편으로 또렷하게 보이는 엘븐하임의 풍경을 보며 무열이 말했다.

"이제 어떻게 할 셈이지? 차원문은 열었지만 이 문은 엘븐하임에서 세븐 쓰론으로 가는 문일 뿐이다. 이곳에서 들어가는 것은 불가능해."

"아니지, 정확히 말해야지. 다른 종족은 불가능하지만 너희는 자유롭게 차원문을 드나들 수 있잖아."

"결국 인간이 영혼샘을 넘는 건 불가능하다는 것은 똑같지 않은가?"

위그나타르는 되물었다. 하지만 그의 물음에 무열은 아무렇지 않은 표정으로 다시 물었다.

"내가 영혼샘을 넘는 것이 불가능하다고 생각하면서 너는 왜 나에게 협조했지? 네 마음속에도 이미 거기에 대한 방도가 있다고 생각하는 것 아냐?"

"……."

예리한 그의 말에 위그나타르는 부정할 수 없었다. 불가능하다고 생각하면서도 그는 결국 영혼샘을 열고 말았으니까.

이유는 하나였다. 강무열. 약속의 땅에서 절대로 불가능할 것 같았던 나르 디 마우그를 사냥하는 모습을 봤을 때 위그나타르는 그가 상식을 뛰어넘는 자라는 것을 인정할 수밖에 없었다.

그의 예상대로 최후의 보루라고 생각했던 영혼샘의 성질에 대해 들은 뒤에도 무열은 표정 하나 바뀌지 않았다.

"엘프는 자신들을 스스로 신의 자손이라 칭한다지. 신께서 하늘을 네피림에게 맡긴다면 대지는 자신들에게 맡겼다고 말이야."

"……."

무열의 말을 위그나타르는 부정하지 않았다.

"그렇기 때문에 대대로 엘프들은 형제와 다름없는 네피림에게만큼은 예외를 두었지.”

그는 품 안에서 무언가를 꺼내었다.

저벅— 저벅— 저벅—

그러고는 아무렇지 않게 차원문으로 걸어가 그 안으로 손을 집어넣었다.

“······!!”

그 순간, 수호장들은 경악을 금치 못했다. 차원문 안으로 그 어떤 반발도 없이 너무나도 쉽게 무열의 팔이 들어갔기 때문이다.

“이게 뭔지는 알겠지.”

팔을 빼며 무열이 위그나타르를 향해 손을 흔들었다. 그의 손끝에 달린 기다란 깃털.

“설마······.”

“물론, 그 예외는 모든 네피림에게 적용되는 건 아니다. 네피림 중에서도 오직 4명. 왕은 4대 천사에게만 같은 신의 피를 나누었다는 형제의 의미로 자유롭게 엘븐하임을 왕래할 수 있게 해주었다.”

무열의 손에 들린 것. 그건 다름 아닌 백색의 하얀 깃털이었다. 족히 일반적인 새의 2배는 될 것 같은 커다란 깃털. 저런 크기의 것은 네피림 중에서도 단 한 명만이 가질 수 있는 것이었다.

"……주덱스의 깃털."

위그나타르는 떨리는 목소리로 말했다.

"맞아. 4대 천사의 날개 아래 몸을 숨긴다면 영혼샘을 통과하는 것은 어려운 일이 아니다. 그리고 천공성이 인간에 의해 무너진 것은 너뿐만 아니라 엘븐하임에 있는 여왕도 알 터."

무열은 고개를 돌려 차원문을 바라봤다.

"4개의 깃털을 모두 가지고 있다는 게 무엇을 의미하는지는 너도 잘 알겠지, 퓌렐 갈라드 티누비엘."

그의 눈빛이 빛났다. 마치 차원 너머의 있는 여왕의 마음을 대변하는 듯 영혼샘의 문이 심하게 떨리기 시작했다.

"지금도 보고 있겠지. 그렇다면 지금 당장 영혼샘을 통과해 모습을 드러내라. 그렇지 않으면 너의 차원에 폴세티아를 꽂아줄 테니까."

우우우우웅……!!!

그 순간, 기다렸다는 듯 윤선미에게서 강대한 마력이 솟구쳐 올랐다. 겹겹이 쌓인 마력이 차곡차곡 그녀의 몸을 감쌌다. 지금까지 볼 수 있었던 마법과는 전혀 다른 차원의 것이었다. 그녀의 주위에 있던 사람들은 요동치는 마나의 힘에 숨마저 쉬기 어려운 듯 헐떡였다.

"지금 당장."

무열은 그런 압박 속에서 말했다.

"나와라."

콰그그그극……!!

그가 손을 들어 올렸다. 그에 맞춰 윤선미의 폴세티아가 서서히 완성되기 시작했다.

무열은 인벤토리 안에 있던 주덱스의 깃털을 제외한 세 천사의 깃털을 그녀의 주위 흩뿌렸다. 그중에 하나를 집어 든 순간, 영혼샘에 생성된 차원의 문이 요동치듯 흔들렸다.

"자…… 잠깐!!"

그때였다.

영혼샘 저편에서 다급하게 들려오는 목소리.

물결의 파문이 거세지면서 생성된 차원문의 빛깔이 강렬하게 주위를 감쌌다.

무열은 저편에서 들려오는 목소리의 주인공이 누구인지 잘 알았다. 그리고 그와 일말의 협의도 필요가 없다는 것 역시.

촤아아아악———!!!

무열은 있는 힘껏 검 살해자를 휘둘렀다. 영혼샘에 만들어진 차원문이 그의 공격을 버티지 못하고 사라질 것처럼 휘청거렸다.

"재회를 하기까지 오래 걸렸군."

"어……?"

차원문 안에서 다급하게 튀어나오는 하나의 인영. 호위조차 없이 나타난 사람은 다름 아닌 퓌렐 갈라드 티누비엘이었다.

서걱.

섬뜩한 소리가 홀 안을 채웠다.

위그나타르는 그 순간 눈을 감았고 쿠엘은 고개를 떨구고 말았다.

이해할 수 없다는 듯 의문 가득한 표정.

몸이 온전히 통과하기도 전에 차원문은 마치 단두대가 된 것처럼 얇은 장막을 따라 검이 그어졌다.

툭.

피 한 방울조차 묻지 않은 검날을 따라 차원문에서 무언가 떨어졌다.

"트로비욘."

그 순간, 무열은 바닥에 떨어진 퓌렐 갈라드 티누비엘의 목을 들어 올리며 말했다.

"나는 종족 전쟁을 끝내고자 한다."

그는 돌아보지 않았지만 트로비욘의 표정을 알 수 있었다.

"……."

처음부터 이 말을 하기 위해 그를 이 자리에 불렀다.

"아이언바르를 침공하지는 않았지만 악마족에 대한 드워프의 원한은 충분히 깊았다 생각한다. 너는 어떻게 생각하지?"

"맞습니다. 악마군의 8대 장군을 비롯해서 그들의 수장인 백귀(百鬼) 아쉬케의 목까지 베었으니 더할 나위 없습니다."

"그래."

그의 대답을 들은 뒤에야 무열은 천천히 몸을 돌려 그를 바라봤다. 무열의 손에 들린 퓌렐의 목에서 붉은 피가 뚝뚝 떨어져 바닥을 적셨다.

"싸우고자 한다면 막지 않겠다. 이미 아이언바르의 드워프 굴은 세븐 쓰론 전역에 완성되어 있다는 걸 알고 있다."

트로비욘은 그의 말에 마른침을 꿀꺽 삼켰다.

"너 역시 예상했기에 준비하고 있었던 것일 테지. 만일의 사태를 대비해서 나와 싸울 수 있도록."

"……."

"우리의 동맹이 영원할 수 없다는 걸 아니까."

무열은 드워프의 흔들리는 눈동자를 바라보며 말했다.

"엔더러스를 사용해도 좋고 인간군을 지원하기 위해 배치해 놓은 골렘부대를 써도 상관없다. 전쟁이란 자신이 가진 모든 걸 쏟아붓는 거니까."

그러고는 여왕의 목을 들어 트로비욘에게 보였다. 마치, 전쟁을 시작했을 때 그의 미래라 선언하는 것처럼.

"하지만 명심해라. 악마군과 같은 패배가 있고 엘프군과 같은 패배가 있을 수 있다는 것을. 일주일을 기다려 주마. 종족의 멸망과 생존에서 나는 너에게 선택할 수 있는 기회를 주겠다. 이게 내가 동맹으로서 해줄 수 있는 배려다."

주위는 쥐죽은 듯 조용했다. 무열의 압도적인 모습에 그 누구도 말을 할 엄두를 내지 못했기 때문이다.

정적(靜寂).

사원 안에는 수십 명의 사람이 있었지만 그 누구도 엘프군과의 전쟁이 승리한 것에 환호할 수 없었다.

그렇게 종족 전쟁 사상 가장 조용하고 무거운 승리가 끝이 났다.

95장
피의 무게

타닥…… 타닥…….

난로에 모닥불이 타들어 가는 소리를 들으며 무열은 누군가를 기다리는 듯 눈을 감고 있었다.

의자에 기대어 앉아 있는 그곳은 막사 안.

그곳에서 그는 전쟁의 승리를 기뻐하기보다 아직 그 안에 있다는 사실만으로 전쟁이 끝나지 않았다는 것을 실감하고 있었다.

"후우……."

무열은 트라멜의 집무실이 그리워졌다.

세븐 쓰론에서의 생활을 시작하고, 수많은 곳을 돌아다니고, 대륙 전역을 손에 넣었지만 그는 오롯이 자신만의 공간은 그곳뿐이라고 생각했다.

"······."

그런 그가 천천히 눈을 떴다. 마치 문 너머의 사람을 기다리는 것처럼 그는 닫힌 문을 응시했다.

"이게 무슨 짓이지?"

아무도 없던 방 안에서 목소리가 들렸다. 검은 안개 같은 연기가 스며들더니 조금 전까지 타들어 가던 모닥불의 불빛이 완전히 사라졌다. 책상도, 그가 앉아 있던 의자까지.

어둠.

하지만 무열은 지금 이 광경이 익숙한 듯 낮은 목소리로 말했다.

"나와."

모든 것이 사라졌음에도 불구하고 그의 손에 쥐고 있던 검 살해자만큼은 그대로였다.

즈으으으응······.

검날이 으르렁거리듯 울었다. 어둠 속에서 더 짙은 어둠을 가진 인영이 무열의 눈에 새겨졌다.

눈앞에 남자. 그는 다름 아닌 디아고였다.

무열을 바라보는 그는 불만 가득한 얼굴이었다.

"종족 전쟁이 곧 끝나겠군."

"그래, 이제 하나 남았다. 그리고 그건 곧 정리될 거다."

"······."

남은 적이라고 해봐야 드워프뿐이었다. 하지만 무열은 퓌렐의 목을 벤 순간 트로비욘에게 선전포고를 했다. 뛰어난 대장술만큼이나 전사의 명예를 중요시하는 드워프라 할지라도 이길 수 없는 적과 무모한 전투는 하지 않는다.

'트로비욘은 똑똑한 자다. 위그나타르가 그랬던 것처럼 그 역시 자신의 목 하나로 종족을 살리는 것을 택하겠지.'

그에게는 잔인한 선택이지만.

사실상 이제 남은 전투는 없다고 봐도 무방했다. 그토록 염원했던 승리가 눈앞에 있음에도 불구하고 무열은 물론이거니와 디아고의 표정은 여전히 딱딱하게 굳어 있었다.

"종족 전쟁이 끝난다는 게 무슨 의미인지 모를 리가 없을 텐데. 어? 모자란다는 말이다. 턱없이."

무열이 디아고를 바라봤다.

"나는 너에게 재해를 지배할 수 있는 힘을 주었다. 게다가 마지막 숨겨진 정령왕인 광풍(狂風) 사미아드의 위치도 알렸다. 그런데 너는 이신우란 인간에게 그를 찾으라고 했더군."

"이신우는 세븐 쓰론에서 몇 안 되는 바람술사다. 같은 속성의 정령왕이기에 가져오는 데 큰 어려움은 없을 거다."

"그게 문제가 아니야! 모든 정령왕을 네가 다루지 않으면 안 된단 말이다."

그의 말에 무열은 피식 웃었다.

"위에서 들을 수도 있는데 잘도 그렇게 말하는군. 괜한 걱정은 하지 마라. 사미아드는 확실하게 내가 다룰 것이니까. 종족 전쟁을 마무리하기 위해 시간을 허비할 수 없었다. 단지 그에게 무한의 숨결(Infinite breath)을 가져오라 일렀을 뿐이다."

하지만 여전히 디아고는 못마땅한 눈치였다.

"그렇다면 재해의 힘은? 그건 대륙에서 그 누구도 가지지 못할 강대한 힘이다. 하지만 너는 고작 그걸 몇 번밖에 쓰지 않았지. 그나마도 그 힘을 제대로 쓴 건 마족과 싸울 때뿐이었지."

"그래서?"

"엘프군은 소환된 병사 중 절반이 넘게 살아남았고 하는 꼴을 봐서 드워프는 왕의 목 하나로 전쟁을 종결시킬 생각이겠지."

"……."

"그래서라고? 지금 내게 묻는 거냐, 강무열. 이건 너무나 문제가 있다."

디아고의 표정이 일그러졌다.

그 순간, 무열은 등골에 서늘한 살기를 느꼈다.

지금까지 대화를 하다 보니 잊을 수도 있었던 사실.

그는 인간이 아니다. 신의 반열에 올라 있는 존재.

"모자란단 말이다. 턱없이! 목숨값이! 피의 무게가! 정령계에서 나와 했던 계약을 잊은 게 아니겠지."

"그러는 너야말로 내게 숨기는 것이 있지?"

"……뭐?"

무열은 인벤토리를 열었다. 디아고가 만든 공간에 있었지만 그보다 더 상위의 힘인 락슈무의 인벤토리는 제약 없이 작동하고 있었다.

그는 그 안에서 위대한 마법의 석판을 꺼냈다.

"파렐(Pharel)이란 게 뭐지?"

디아고의 표정이 딱딱하게 굳어졌다.

아니, 처음부터 얼굴은 달라진 것이 없었지만 무열은 그에게서 느껴지는 기운이 아주 미세하게 떨렸음을 알 수 있었다.

"네가 말한 세계의 구성이란 것이 파렐이라면 인간이 알 수 있을 리가 없을 터. 어째서 이 석판에 그것을 뜻하는 탑이 그려져 있지?"

"그건 선구자가 만든 거니까. 너희보다 훨씬 더 먼저 세븐 쓰론을 겪었던 자들이 말이야."

"우리보다 먼저?"

"당연한 이야기 아냐? 이 종족 전쟁이 설마 너희가 최초라 생각하는 거냐. 이건 그저 신의 유희에 불과한 거다. 일종의 놀이지."

디아고는 가볍게 어깨를 으쓱였다.

"너는 개미가 서로 싸우는 것을 보면 재미있나? 아니지. 관심도 없는 게 더 맞지. 지금 어머니도 그러하다. 유희라고는 하지만 너희들의 싸움에는 흥미가 없다. 뭐…… 그래서 내가 이렇게 자유롭게 돌아다닐 수 있는 거지만."

그는 아무렇지 않게 말했지만 그건 그것대로 충격적이지 않을 수 없었다.

"내가 말했잖아. 종족 전쟁의 결말이 무엇인지. 오직 너만은 이미 이 전쟁의 끝이 어떤 것인지 알고 싸웠잖아."

디아고는 무열을 향해 날카롭게 말했다.

"종족 전쟁에서 살아남은 마지막 종족. 수백 마리의 개미를 밟아봐야 재미없지. 하지만 가까스로 살아남은 마지막 한 마리 개미를 손으로 찍어 눌렀을 때의 쾌감."

그는 입맛을 다시듯 혀로 입술을 핥으면서 말했다.

"종족 전쟁 최후의 승리자를 자신의 손으로 멸(滅)하는 것. 절망에 빠진 얼굴을 보는 것. 그게 어머니의 진짜 즐거움이니까."

무열은 헛구역질이 날 것 같은 기분이었다. 지금까지 수많은 수라를 겪었음에도 불구하고 그의 말은 절대로 그냥 지나칠 수 없었다.

잔인하고 잔혹한 말.

하지만 처음 권좌 전쟁이 끝이 아니라는 것을 알게 되었을 때 그는 어렴풋이 그런 생각을 했었다.

과연 이 종족 전쟁이 끝일까. 또 다른 전쟁이 있는 건 아닐까.

모든 것은 신의 마음대로였다.

하지만 그의 예상보다 결과는 더욱 참혹했다.

살아남을 기회조차 주지 않고 마지막 남은 종족을 자신의 손으로 죽이기 위해 기다리는 신.

마치, 맛있는 음식을 가장 나중에 맛을 보는 영악한 미식가처럼.

락슈무는 그렇게 참았던 것이다.

"그녀가 내린 보상 중에 단 하나 유일한 진짜가 있다면 아마 권좌의 주인에게 내린 보상이겠지. 네가 그 무엇을 빌었는지는 모르지만."

"……."

"부가 됐든 명예가 됐든. 권좌에 오른 자에 대한 보상. 우습지 않나? 결국엔 죽일 거면서 세븐 쓰론 안에서 그나마 즐거운 희망을 품게 만드는 거지. 하지만 그건 그것대로 잔인한 일인데 말이야."

디아고는 무열을 바라봤다.

"그렇군. 너 역시 내가 무엇을 락슈무에게 빌었는지는 모른다는 말이군."

그의 말에 디아고는 피식 웃었다. 별로 궁금해하지도 않다는 그의 태도에서 인간은 자신에게 어떠한 위협도 될 수 없다고 생각한다는 것을 알 수 있었다. 그 역시 락슈무와 별반 다르지 않았다.

무열은 그런 디아고를 바라보며 나지막한 목소리로 말했다.

"신은 내가 죽인다."

"그런 생각을 가지고 있는 놈이 일을 이따위로 했나? 정령계에서 말한 내 말을 너는 우습게 여겼나? 종족 전쟁은 이것을 위한 것이다. 타락의 힘을 강하게 하기 위해 필요한 제물."

디아고는 빠득— 이를 갈며 말했다.

"생명의 피. 네가 죽인 수로는 턱없이 부족하다. 나는 너에게 기회를 줬다. 그것을 모든 인류로 채우고 싶지 않다면 다른 종족을 죽이라고."

하지만 그와 달리 감정을 내비치지 않는 무열의 태도에 디아고는 더욱더 못마땅한 모습이었다.

그는 경고하듯 말했다.

"피의 무게를 채워라. 그건 절대적이다. 그게 이 세계를 구성하는 락슈무의 규율이니까."

마지막 말에 무열은 실소를 하고 말았다.

"어미를 죽이려는 자가 아직도 어미가 만든 규율에서 벗어나지 못했나. 세븐 쓰론에 와서 가장 우스운 모습이군."

"……뭐?"

"드워프와의 전쟁은 나 스스로 결말을 짓겠다. 네가 말한 대로 그건 락슈무가 정한 싸움이니까. 편법을 쓸 수 없지. 하지만 너와의 계약은 다르다."

"지금…… 나와 한 약속을 어기겠다는 말이냐?"

"그럴 리가."

무열은 담담한 목소리로 말했다.

"룰 브레이크."

그때였다. 무열의 눈앞에 푸른 창 하나가 생성되었다.

[고유 스킬 : 룰 브레이크(Rule Break)]

[횟수 : 1/3]

[명명된 룰에서 벗어날 수 있습니다.]

[사용하시겠습니까?]

마지막 한 번 남은 패스파인더의 고유 스킬.

무열은 천천히 고개를 끄덕였다.

[룰 브레이크 사용합니다.]

[횟수 : 1/3]

그와 동시에 그가 손을 뻗자 푸른 창 옆으로 또 하나의 검은색 창이 떠올랐다.

그 안에는 알 수 없는 문자들이 적혀 있었다.

읽을 순 없지만 의식할 수 있었다.

바로, 디아고와의 계약이 적혀 있는 창이었다.

신어(神語)가 적힌 창 아래에 붉은색의 게이지가 그려져 있었다. 기다란 막대는 반의반도 채워지지 않은 상태였다.

치직…… 치지지직…….

그러자 마치 지우개로 지우는 것처럼 디아고와의 계약이 적힌 신판의 글이 점차 변형되기 시작했다.

"……!!"

그와 동시에 가장 밑에 있던 붉은색 게이지가 점차 채워지기 시작했다. 붉은 막대가 길어질수록 그것을 보고 있던 디아고의 표정이 일그러졌다.

"이걸로 충분하겠지. 네가 그렇게 입이 닳게 말하는 피의 무게. 모두 채웠으니까."

"미친……. 그 힘을 이렇게 쓰겠다고? 그저 죽이기만 하면 될 일인 것을. 무려 다섯 차원의 종족이 모인 대전쟁이었다. 각 종족 절반의 목숨을 바쳐라. 재해의 힘이면 눈 깜짝할 사이에 할 수 있는 일이었다."

무열은 그의 말에 피식 웃었다.

"교단을 이끌었던 라엘 스탈렌도 똑같은 짓을 했었지. 100명을 죽이면 그만큼 강해지고 1,000명을 죽이면 그 열 배로 강해진다. 락슈무가 내렸던 신탁. 그로 인해 세븐 쓰론에 존재하던 크고 작은 마을들이 정화라는 명목하에 사라졌지."

"그게 왜?"

"지금 우리가 하는 짓이 그것과 뭐가 다르지?"

무열의 말에도 불구하고 디아고는 여전히 이해가 가지 않는다는 얼굴이었다.

사고하는 방식이 완전히 다르다. 인간의 모습을 하고 있지만 그는 인간이 아니니까.

"퀘스트는 완료했다. 그러니 사라져라. 너는 이 이후의 일을 생각해. 문제가 될 것은 아무것도 없어. 결과가 중요한 것 아니었나?"

"……."

"여기가 어딘지 넌 모르겠지."

엘프군과의 전투가 끝난 뒤 무열의 본대는 드워프와의 전쟁을 위해 진군했다.

그리고 도착한 이곳.

바로, 하잘 협곡.

"한 번이라도 피를 묻혀본 적 있나?"

그의 마지막이자 처음이 시작되었던 곳.

머리부터 발끝까지 전신이 피로 물들던 그때.

그것이 아군의 것인지 적군의 것인지조차 알지 못하며, 아니, 알 겨를도 없던 순간.

그때의 기억을 잊고 싶어도 몸이 그리고 기억이 생생하게 간직하고 있었다.

무열은 협곡의 골짜기에 서서 말했다.

"피의 무게가 얼마나 무거운지 뒤집어써 본다면 그따위 말을 하진 못할걸."

※

"일주일의 시간을 주겠다고 했을 텐데."

무열은 하잘 협곡에서 불어오는 바람을 맞으며 고개를 아래로 내렸다.

아득해 보이는 절벽은 끝이 보이지 않았다. 그 깊이만큼이나 무열은 무거운 숨을 토해내며 천천히 고개를 돌렸다.

두툼한 황금 갑옷. 투구 안으로 보이는 결의에 찬 눈빛.

굳이 설명을 하지 않아도 무열은 자신의 앞에 나타난 트로비욘의 심정을 느낄 수 있었다.

"결정을 한 것 같군."

"클클……. 결정을 내릴 수밖에 없는 선택을 제시하셨으니까요."

그는 나지막하게 웃었다.

"나를 원망하나?"

"아닙니다."

등에 멘 커다란 배틀 해머는 그의 키보다도 훨씬 더 컸다.

바닥에 세워놓은 타워 실드는 오직 아이언바르에만 나는 광물인 팔라그늄으로 만든 것이었다. 강도는 현존하는 모든 광물 중에서 가장 단단할 것이다.

마법(魔法), 연금(鍊金), 기공(機工).

그 어떤 기술과 스킬로도 따라 할 수 없는 순수한 드워프만의 능력.

그리고 트로비욘의 뒤에는 엔더러스가 서 있었다.

트로비욘이 준비할 수 있는 모든 것을 해온 것임을 무열은 알 수 있었다.

"오히려 감사하고 있습니다. 당신은 수백, 수천만의 대군이 싸워야 끝날 이 대전쟁(大戰爭)을 최소한의 피해로 끝내고 있으니까요."

그는 누구보다 잘 알고 있었다.

토착인과 외지인의 구분을 떠나 인간군은 어쨌든 다 같은 강무열이란 권세 안에 있는 자들.

하지만 자신은 다르다. 적으로 마주해야 할 종족 중 하나로

서 그는 무열의 싸움을 지켜봤기 때문이다.

확실하게 괴멸시킨 것은 악마군과 마족군뿐.

천공성이 소환되고 네피림의 병력이 제대로 소환되기 전에 그는 4대 천사를 살해하였고, 엘프군은 비록 드래곤과의 전투로 인해 피해를 입긴 했지만 여왕의 죽음으로 인해서 남은 병력을 살릴 수 있었다.

그리고 마지막 남은 종족.

드워프는 인간군에게 단 한 명의 피해도 입지 않았다. 대부분의 전투는 엔더러스를 비롯한 골렘부대로 싸웠기 때문에 종족 전쟁에서의 피해는 오히려 인간군보다도 더 적었다.

"드워프굴을 통해 이동한 드워프의 수는 모두 5천만입니다!!!"

"강무열이 강하다 하더라도 인간군의 병력에 2배가 되는 드워프의 숫자라면 승산이 있습니다."

"이대로 패배는......!!"

트로비욘은 뮤르가(家)에 이토록 많은 드워프가 모인 건 처음이라고 생각했다.

성격도 제각각에 저마다 자존심도 강한 드워프들은 비록 뮤르가(家)를 수장으로 여기고 있지만 저마다 자신의 기술이 그에 못지않다고 생각하기 때문에 특별한 일이 아니면 자신의 영토에서 벗어나지 않았다.

세븐 쓰론에 드워프 굴을 뚫고 직접 트로비욘이 움직였던 것도 그런 이유 때문이었다.

하지만 그랬던 그들이 지신이 죽음을 두고 이렇게 모였다.

그는 드워프들이 모인 계기가 그것이란 것이 씁쓸하지만 한편으론 그를 포기한 것이 아닌 강무열과의 전쟁을 선택했다는 점에서 그의 목숨을 가벼이 여기지 않고 있다는 생각에 기뻤다.

'지금 아이언바르의 투쟁심은 최고조에 다다랐다. 이대로라면 그들의 결속력은 더욱더 강해질 것이다.'

그 쐐기를 박기 위해 찾아온 것이다.

무열을.

'나의 죽음으로 인해 더욱더 그들은 단단해질 것이다. 끝없이 두들긴 무쇠처럼. 내가 그 마지막이 되어야 한다.'

트로비욘은 자신의 앞에 선 무열을 바라보며 말했다.

"고작 이 한 목숨으로 전쟁을 끝낼 수 있다는 것에 감사할 뿐입니다."

그는 허리를 숙여 권위자에 대한 예의를 갖추었다. 지금의 결과야 어쨌든 종족 전쟁에서 자신들이 살아남을 수 있었던 것은 무열 덕분이었으니까.

쿠웅.

그가 한 발자국 앞으로 나섰다. 작은 체구임에도 불구하고 두꺼운 갑옷의 무게로 인해 하잘 협곡에서 그의 발소리가 메아리쳤다.

"그러니 싸워야겠지요. 드워프의 명예를 걸고."

무열은 그를 향해 고개를 끄덕였다.

"으아아아아———!!!"

트로비욘이 포효를 지르며 달려 나갔다.

그의 거대한 해머가 허공을 갈랐다.

쿠우웅……!!

해머에 닿는 공기가 마치 폭발하는 것처럼 웅장한 소리를 만들어냈다. 수 미터 떨어져 있음에도 불구하고 무열의 망토가 풍압에 흔들렸다.

파앗-! 팟-!

날카로운 바람에 그의 어깨 여기저기가 베이며 붉은 생채기가 생겼다.

하지만 무열은 그의 공격을 막지 않았다. 다가오는 트로비욘을 묵묵히 바라보던 그는 마지막 한 걸음을 내딛는 순간 검살해자의 손잡이를 쥔 손을 틀었다.

철컥.

검날이 뽑히는 소리와 함께 그의 검이 위에서 아래로 선명한 빛을 뿜어내며 그어졌다.

콰아아아앙———!!!!

폭음이 터져 나오며 달리던 트로비욘의 몸이 순식간에 튕겨 나갔다.

"끅……!!"

어깨가 부서질 것 같은 강맹한 충격과 함께 그는 고통을 참지 못하고 신음을 터뜨렸다.

그렇게 수백 미터를 튕겨 나간 트로비욘은 절벽에 부딪히며 가까스로 멈출 수 있었다.

"쿨럭…… 쿨럭……!"

후두둑 떨어지는 바위들 사이로 그가 붉은 피를 뱉으며 비틀비틀 걸어 나왔다.

쩌적…… 쿵—!

들고 있던 방패에 금이 가더니 반듯하게 두 조각으로 갈라지며 부서졌다.

"……."

그는 할 말을 잃은 채로 두부처럼 잘린 자신의 방패를 바라봤다.

존재하는 그 어떤 광석보다 단단하며 드워프의 기술이 집약되어 만들어진 방패였다.

그건 무열과의 전투를 위해 준비했던 것이다. 모든 공격을 막을 수 있을 거라고는 생각하지 않았지만 이렇게 단 일격에 잘릴 줄은 상상도 하지 못했다.

"허…… 허허……."

허탈한 웃음소리가 그의 입에서 흘러나왔다.

저릿저릿한 통증이 그대로 전해졌다. 방패를 뚫고 나온 검기는 그의 갑옷에 고스란히 박혀 선명한 금으로 남아 있었다.

처음부터 무열의 강함은 알고 있었다.

마력, 정령력, 암흑력…….

하나를 얻는 것도 쉽지 않은 힘을 그는 모두 가지고 있었으니까.

그러나 트로비욘이 놀란 건 그 때문이 아니었다.

"계속하지."

천천히 자신을 향해 걸어오는 무열의 모습은 마치 거대한 산이 움직이는 것 같았다.

저벅— 저벅— 저벅—

천천히 걸음을 걸으며 무열이 자세를 잡았다.

트로비욘이 놀란 이유, 그건 무열이 자신이 가진 그 어떤 힘도 쓰지 않았다는 것이었다.

왕에 대한 예의일까.

오직 순수한 자신의 힘만으로 그를 상대하고 있었다.

하지만 그렇기 때문에 더욱 절망적이었다. 아무런 능력도 쓰지 않는 무열조차 감당할 수 없다는 사실에.

"으아아아!!"

트로비욘은 부서진 방패를 발로 차며 해머를 들어 올렸다.

탕!! 타앙……!!

부네닝셔팀 빙그드르 들며 닐이오는 그긱'긴 방폐를 기갑게 피하며 무열은 걸어오는 속도를 줄이지 않았다.

그런 그를 향해 트로비욘이 몸을 날렸다.

쾅–!!

콰쾅––!!!

콰과과과과과과광–––!!!

공중으로 떠오른 그는 육중한 무게로 있는 힘껏 무열을 내려쳤다.

지그재그로 움직이며 그가 정신없이 해머를 휘둘렀다. 마치 대장간에서 망치를 두들기는 것처럼 협곡에서 그의 해머가 불꽃을 튀기며 요란한 소리를 자아냈다.

"하아…… 하아……."

하지만 맹렬하게 달려들던 그의 공격도 점차 느려지기 시작했다.

우두커니 서 있는 무열은 그 뒤로 단 한 발자국도 움직이지 않았다. 거대한 해머가 그를 쓸어버릴 것처럼 몰아세웠지만 그의 검에 닿는 순간 그 기세는 허무할 정도로 사라졌다.

"엔더러스를 사용해라. 골렘부대도 이곳에 모두 집결해 놓은 걸 알고 있다."

무열은 트로비욘을 향해 말했다. 하지만 그는 자신이 한 말이 가증스럽다고 느꼈다. 패배는 이미 정해져 있다는 것을 알고 있었으니까.

"엔더러스는 아이언바르의 고귀한 산물입니다. 당신 덕분에 겨우 부활한 녀석을 다시 잃을 수 없습니다. 하나⋯⋯."

트로비욘이 손을 들었다. 그러자 뒤에 서 있던 엔더러스가 천천히 몸을 일으켰다. 그와 동시에 절벽에 서 있던 골렘들이 일제히 두 사람의 주위를 감쌌다.

"참관인이라고 생각해 주시기 바랍니다."

트로비욘은 씁쓸하게 웃으며 그에게 말했다.

전력을 다한 승부에서 이미 감당할 수 없다는 것을 몸으로 느꼈다.

하지만 그는 왕(王)이었다. 차마 자신의 죽음을 신하들에게 보일 순 없었지만 적어도 생을 마감하는 마지막 장소에 아무도 없이 쓸쓸하게 보낼 수 없었다.

"알겠다."

그의 마음을 읽은 걸까.

무열은 허락한 듯 고개를 천천히 끄덕였다.

"왕이란 그런 위치입니다. 무엇을 하든 역사에 이름이 남을 수밖에 없는 존재. 바보 같은 엘프의 전철을 밟을 수는 없습니다. 부질없다는 것을 알면서도 마지막 순간까지 자신의 위엄을 지켜야 하는 법입니다."

트로비욘은 다시 해머를 잡았다.

"그리고 당신 역시 역사에 이름이 남을 겁니다. 비록……당신의 세계로 돌아간다 하더라도. 우리의, 세븐 쓰론의……다른 모든 차원에."

그가 있는 힘껏 해머를 휘둘렀다. 하지만 그것보다 더 빠르게 무열의 검은 한 치의 망설임도 없이 그를 향해 정확하게 그어졌다.

자신의 해머보다 몇 배는 얇고 가는 검이었음에도 불구하고 트로비욘은 내려오는 검을 바라보며 직감했다.

……피할 수 없다.

주위가 마치 슬로우모션이 된 것처럼 무열의 검이 자신의 해머를 자르며 가슴의 투구를 갈라 버리는 장면이 선명하게 들어왔다.

붉은 피가 사방으로 솟구치며 그의 얼굴을 덮쳤다. 시야가 핏빛으로 변하며 목이 뜨끈한 액체로 가득 차오르고 숨을 쉴 수가 없었다.

"커…… 커컥……."

그럼에도 불구하고 그는 초인적인 힘으로 부러진 해머의 끝을 잡고 무열을 향해 휘둘렀다.

툭.

맹렬했던 그의 해머는 무열의 가슴에 가까스로 닿으며 허무하게 떨어졌다.

쿵…….

그의 몸이 미끄러지듯 쓰러졌다.

"역사라……."

무열은 바닥에 너부러진 트로비욘을 바라보며 나지막하게 말했다. 그의 눈빛에 많은 것이 담겨 있었다.

"그것도 살아 있는 누군가가 있어야 쓸 수 있는 거겠지."

그 순간이었다.

쿵.

지면을 울리는 소리가 들렸다.

"……!!!"

뒤에 있던 엔더러스가 무열에게 천천히 무릎 꿇었다.

쿵…….

쿵- 쿠웅-!!

곧이어 그의 뒤에 있던 골렘들이 잇따라 무릎을 꿇으며 그에게 고개를 숙였다. 마치 새로운 왕을 맞이하는 기사처럼.

"이럴 생각이었나, 넌."

무열은 씁쓸한 표정으로 쓰러진 트로비욘을 바라보았다. 그는 이미 무열이 무엇을 하려고 하는지 알고 있었던 모양이다.

신과의 전쟁에서 조금이나마 도움이 될 수 있도록. 트로비욘은 엔더러스를 비롯한 골렘부대에게 마지막 명령을 내렸던 것이다.

"……."

그는 투구 한쪽을 집어 들었다.

"너의 목은 신의 제단에 올리기 위해 필요하다. 미안하지만 아이언바르에 전해줄 수 있는 것은 이것뿐이다."

무열은 트로비욘의 사체를 지나쳤다.

"대신……."

그러고는 걸음을 멈춰 말했다.

"내가 싸우겠다. 네 이름을 역사에 남길 자들이 죽지 않도록."

담담한 목소리엔 분노가 서렸다.

자신의 손으로 얼마나 많은 목숨을 빼앗은 것일까.

그러나 여전히 검 살해자의 날에는 피 한 방울 묻지 않았다. 진정으로 원하는 피는 따로 있다.

그는 하늘을 올려다보았다.

신에게 선포하듯. 무열은 한 글자, 한 글자에 힘을 주며 말했다.

"종족 전쟁은 끝났다."

96장
파렐(Pharel)

"어머니."

디아고는 얼굴에 미소를 띠며 무릎을 꿇었다.

거대한 사원의 기둥 사이로 보이는 별빛은 마치 이곳이 우주 한가운데에 있는 것 같은 생각이 들게 했다. 아니, 실제로 그러했다.

유리처럼 투명한 계단을 천천히 오르자 옥좌에 앉아 있는 락슈무가 보였다. 락슈무는 굳은 얼굴로 그를 바라봤다.

"종족 전쟁의 승자가 정해졌습니다."

딱―

그가 손가락을 튕기자 옥좌 앞에 수많은 글자가 생성되었다. 마치 퍼즐 조각을 찾듯 그 안에서 글자들이 빠르게 움직이더니 단어를 완성했다.

인간(人間).

디아고는 그 글자를 바라보는 락슈무의 표정을 즐기듯 쳐다봤다.

"자, 이제 내리시지요. 신의 단죄를. 억겁의 시간 동안 그래 왔듯이 이번에도 똑같이. 이 순간을 맛보기 위해서 지금껏 참아오시지 않으셨습니까."

기대에 찬 목소리로 말하는 그와는 달리 시종일관 그가 떠드는 것을 바라보기만 하던 락슈무가 처음으로 입을 열었다.

"고작 정령왕의 힘으로 나를 어찌할 수 있을 것이라 생각하느냐."

"예?"

순간 디아고의 어깨가 가볍게 떨렸다.

"네가 강무열에게 정령왕을 수집할 수 있도록 도와주었다는 것을 내가 모를 리 없을 텐데."

그녀는 그를 내려다봤다.

"내가 지내온 시간만큼. 세븐 쓰론이 이미 셀 수 없을 정도로 많이 반복되었던 유희인 것처럼 나의 시간 속에서 너와 같은 자가 처음이라 생각하진 않겠지."

락슈무는 차가운 눈빛으로 그에게 말했다.

"자율 의지(自律意志). 넌 특별하지 않다. 그저 내가 만든 자식들 중 조금 다른 돌연변이일 뿐."

정말 자식과 어미의 관계에서 그런 말을 듣는다면 가슴을 후벼 파는 말이 아닐 수 없었다. 그러나 그런 말을 내뱉은 그녀와 마찬가지로 디아고 역시 아무렇지 않은 듯 말했다.

"하하…… 수십이라니요. 그저 내디지로시 그들을 한곳에 모으는 데 약간의 도움을 주었을 뿐입니다. 게다가 정령왕만이 아닙니다. 그에겐 드래곤도 있지요."

그는 마음속에 감춰놓은 비수를 꼭꼭 숨겼다.

"모두 어머니께 반기를 들었던 존재들입니다. 그들을 한곳에 모으기 위해 강무열이란 소재를 썼을 뿐입니다."

"이 모든 게 날 위해서다?"

잠시 머뭇거렸다. 하지만 이내 곧 그는 아무렇지 않게 미소를 띠며 말했다.

"세계를 위해서입니다."

"고작?"

하지만 돌아오는 것은 비웃음이었다.

락슈무의 웃음에 디아고는 자신도 모르게 전신을 훑는 전율을 느꼈다.

"그들이 아무리 차원을 아우르는 강자들이라 할지언정 모두 나에게 패배를 했다는 사실을 잊었느냐."

"걱정 마십시오, 어머니."

그가 천천히 일어섰다.

"저는 강무열을 그들보다 훨씬 더 괴물로 만들 테니까요. 그러니……."

사원을 걸어 나오며 그는 락슈무의 머리 위에 있는 커다란 소용돌이를 바라보았다.

디멘션 스파이럴(Dimension Spiral).

새하얀 빛이 응집되어 일렁이는 소용돌이는 마치 살아 있는 것처럼 그녀의 주위를 맴돌고 있었다.

오직 신만이 가질 수 있는 힘, 차원력(次元力).

"부디 즐겨주십시오."

쿵-!!

쿵--!! 쿠우우웅---!!!

어두운 무대 위에 조명이 켜지는 것처럼 깜깜했던 하늘에 구멍이 뚫리듯 한 줄기의 빛이 내리쬐었다.

하나, 둘, 셋, 넷…….

그리고 거대한 빛의 기둥 주변으로 계속해서 작은 빛들이 하늘에서 떨어졌다.

"드디어 시작인가."

그 광경을 바라보던 한 사람, 검귀는 자신의 대검을 움켜쥐면서 생각했다.

'강무열, 이 세계에선 네가 선택을 받은 것이겠지. 과연……블레이더가 아닌 자가 미래를 바꿀 수 있을지 궁금하군.'

그 순간, 그는 누군가를 떠올리는 듯 잠시 미뤄기렸다. 그러고는 피식 웃었다.

"하긴, 한 명 있긴 했지. 그녀는 완전히 다른 방식으로 미래를 바꿨지만 말이야."

검귀는 쥐고 있던 대검의 손잡이에 튀어나와 있는 버튼을 가볍게 눌렀다.

지이잉-!!

그러자 대검에 박혀 있는 엔진 같은 기계식 코어가 회전하며 커다란 검이 반으로 갈라졌다.

"흐음…… 날을 교체해야 할 시기가 온 건가. 잠시 다녀오는 것도 좋겠지."

그는 쓰고 있던 가면을 손으로 밀어 올렸다.

분위기와 달리 그는 상쾌한 공기를 들이마시는 듯 크게 가슴을 부풀리고는 숨을 내쉬었다. 가면 속에 가려졌던 짙고 검은 눈동자를 가진 그의 얼굴은 생각보다 젊었다.

'내가 할 일은 끝났으니까.'

우우우웅……!!

그가 손바닥을 위로 향하게 펼쳤다. 그러자 빛이 일렁이더니 그의 손 위로 소용돌이가 일었다. 크기는 달랐지만 그 빛무리는 놀랍게도 락슈무의 것과 똑같았다.

'언젠가 또 만나게 될 순간이 있을지 모르지.'

그때였다.

우우우웅……!!

츠측……!!

그가 만든 소용돌이가 점차 부풀어 오르더니 불투명한 장막을 만들어냈다. 왠지 익숙한 형태. 그건 다름 아닌 차원문이었다.

마치 여행을 떠나는 것처럼 공간 속으로 스며들어 가듯 그의 육체가 손바닥 위에 생성된 빛과 함께 사라졌다.

성도(聖都) 위그(Ygg).

권좌(權座)가 있던 사원에 수많은 사람이 모여 있었다.

처음 그가 권좌에 올랐던 그때처럼 북부의 모든 왕가와 남부의 모든 부족이 성도를 에워싸고 있었으며 외지인과 토착인의 구분 없이 모두 이 전쟁이 끝났음에 기뻐하고 있었다.

와아아아아아아———!!!!

와아아아아———!!!

환호성이 연신 끊이지 않았다. 위그가 떠나갈 듯 들리는 그들의 외침에 무열은 감았던 눈을 천천히 떴다.

"몸은 어때?"

"그럭저럭, 나쁘시 않나. 돌아가세 때시 이 빌이먹을 힘도 사라지게 되면 회복할 수 있으려나."

사원의 뒤편. 그곳엔 무열 이외에 또 다른 사람들이 있었다. 당장에라도 부서질 것같이 삐걱거리는 카토 치츠카를 유우나가 부축하고 있었다. 그가 피식 웃었다.

무열은 카토 치츠카에게 참았던 말을 꺼냈다.

"이게 마지막이 아니란 걸 알면 과연 어떤 기분일까."

"우리와 같겠지. 할 말을 잃게 될 테고, 누군가는 억울해할 테고, 누군가는 절망하겠지."

"그래."

창밖을 바라봤다. 사원의 제단에는 다섯 구의 사체가 나란히 놓여 있었다. 백색의 천으로 가려져 있지만 그 사체가 누구의 것인지는 단번에 알 수 있었다.

"네가 저곳에 누워 있지 않은 것만으로도 우리의 싸움은 가치가 있었던 거다."

"……."

카토 치츠카의 말에 무열은 팔을 들어 손바닥을 펼쳤다. 파르르 떨린다. 지금까지 느껴보지 못한 두려움.

목숨을 건 싸움이라면 얼마든지 할 수 있다. 하지만 자신을 믿고 기다리는 그들에게 두 번째 절망을 안겨야 한다는 사실이 무엇보다 두려웠다.

"우리가 마지막으로 만들면 되잖아. 그러기 위해 지금까지 준비해 온 것 아냐?"

무열은 그의 말에 천천히 고개를 끄덕였다.

그렇다. 지금까지 해온 모든 것이 마지막이 아닌 것을 마지막으로 만들기 위함이었으니까.

"죽지 마라."

무열의 말에 카토 치츠카는 피식 웃었다.

"물론. 돌아가면 술 한잔 사지."

저벅— 저벅— 저벅—

모두의 시선을 한 몸에 받으며 무열은 사원을 향해 걸어갔다. 처음 권좌에 올랐던 그날, 그것이 끝이 아님을 알면서 이곳에 앉았다. 그리고 지금 역시, 아직 끝남이 아님을 알면서 그 자리를 향해 걸어가고 있었다.

참으로 가혹한 장난. 그 놀음의 장기말이 자신이라는 사실이 무열로서는 너무나도 참기 어려웠다.

저벅- 저벅- 저벅-

다섯 구의 사체를 지나 그는 드디어 권좌에 다시 한번 앉았다. 종족 전쟁이 시작되고 끝이 나기까지 걸린 시간 동안 겪었던 일들이 그의 머릿속을 스쳐 지나갔다.

[종족 전쟁이 끝났다.]

트로비욘, 퓌렐 갈라드 티누비엘, 주덱스, 아쉬케, 하가네……. 그들 한 명 한 명을 곱씹고 있을 때, 하늘에서 빛이 쏟아지며 머릿속에서 목소리가 울렸다.

무열은 천천히 눈을 떴다. 다시 한번 이 목소리를 듣기 위해 그는 눈앞에 놓인 자들을 베었으니까.

[그대들은 모든 종족 중 가장 뛰어나며 가장 가치 있는 자들이다.]

와아아아아아아아---!!!
와아아아아---!!
락슈무의 말이 이어질수록 성 밖에서 들려오는 환호성이 더욱 커졌다.

[종족 전쟁에서 승리한 그대들에게 나, 주신(主神) 락슈무가 크나큰 선물을 내리리라.]

무열은 천천히 자리에서 일어섰다. 그러고는 하늘에서 쏟아지는 빛무리를 바라보며 말했다.
"그 선물이란 게 뭐지?"

[신의 안식.]

꿈틀.
그 순간 무열의 뺨이 움직였다.

[기뻐하라. 그것은 인간으로서는 가지지 못할 영광이도다.]

"안식⋯⋯?"

[오직 다섯 종족을 밟고 올라온 너희들에게만 주어지는 선물이다.]

쾅!! 콰과과광———!!
콰아아아아앙——!!!

먹구름이 가득한 하늘에서 사방으로 낙뢰가 내리치기 시작했다. 번개는 성도 주변에 모여 있던 사람들을 향해 쏟아졌다.

"사, 살려줘!!"

"꺄아아아아———!!"

"말도 안 돼……!! 돌아가게 해줘!!"

"분명 약속했잖아—!!"

환호성은 비명으로 바뀌었다. 하늘에서 내리는 번개는 마치 개미 떼를 짓밟는 발처럼 아무런 감흥도 없어 보였다.

"역시……."

무열은 눈앞에서 펼쳐지는 끔찍한 광경을 바라보면서도 그게 끝이 아니라는 것을 알았다.

그때였다.

콰가가가가가……!!

구름을 뚫고 눈앞에 거대한 탑이 나타났다. 무열은 그것이 낯익다는 것을 알았다.

바로, 검 살해자의 손잡이에 그려진 탑과 같은 것.

"파렐(Pharel)……."

무열은 그것을 바라보며 나지막하게 말했다.

[끼에에에엑———!!]

[크르르르……!!]

탑의 문 사이사이로 괴물들이 튀어나왔다.

아아아아악……!!

비명이 아련해지며 하늘로 솟구치는 사람들.

쿵……!!

몇 초가 흐른 뒤 반쯤 잘린 시체들이 여기저기에서 비처럼 우수수 떨어졌다.

"사…… 살려!!"

괴물들은 도망치는 사람들의 뒤를 쫓으며 허기를 채우려는 듯 마구잡이로 그들을 먹어치우기 시작했다.

대지와 하늘에서 까마득하게 쏟아지는 괴물들이 온 세상을 뒤덮기 시작했다. 말 그대로 아비규환(阿鼻叫喚)이었다. 지옥이 있다면 이곳이 아닐까 싶을 정도로, 성도는 피로 물들기 시작했다.

"강찬석, 오르도 창, 최혁수, 윤선미, 필립 로엔."

무열은 사원에 서 있는 사람들의 이름을 호명했다.

"사람들을 대피시키고 성도를 기점으로 모든 거점의 방어를 보강해라."

"알겠습니다."

"네."

혼란에 빠진 사람들과 달리 그의 측근들은 이런 사태를 이미 알고 있었다는 듯 그의 명령이 떨어지자마자 제각각 자신의 위치로 움직였다.

"......."

무열은 검을 들었다. 날을 가로로 세워 자신의 손등을 베었다.

크르르르르르......!!

무열의 피를 맛본 검 살해자가 더욱더 그 피를 갈구하듯 떨렸다. 처음에도 그는 자신의 피를 검에 먹였다. 하지만 그때와는 달랐다. 검날에 그려진 새하얀 선이 파문을 일으키며 날 전체를 감쌌다. 검날은 푸른빛을 내더니 그다음에는 검은빛을 잿빛, 회색, 그리고 마지막 무(無)색으로 변했다.

무열은 그 모습을 보며 피식 웃었다.

"기다려라. 더 맛있는 걸 먹여줄 테니까."

마력, 암흑력, 영혼력, 정령력, 창조력.

무열은 지금껏 자신이 얻은 모든 힘을 하나씩 검에게 맛보였다. 각각의 힘이 응축되며 검 살해자를 통해 합쳐진 힘이 서서히 느껴졌다.

그는 끝을 알 수 없을 정도로 높게 세워진 탑을 바라봤다. 저 끝에 그녀가 있을 것이라는 걸 알았다.

카토 치츠카가 했던 말처럼, 그는 마지막을 마지막으로 만들기 위해 나지막한 목소리로 말했다.

"직업 창조."

−17거점 근방으로 몬스터 대거 소환 확인! 현재 계속해서 파렐에서 쏟아지고 있습니다.

휘리리릭−−−!!!

손가락으로 빠르게 책장을 넘기듯 지도를 넘기며 푸른 창 위에 빼곡하게 나타난 수많은 점을 바라보던 최혁수가 말했다.

"안슈만 쿠마르, 지금 당장 자유군을 이끌고 17거점을 방어해요."

−뭐? 지금 14거점의 방어를 유지하는 것만으로도 벅차!

"그쪽 병력을 빼라는 게 아니에요. 타투르를 방어하기 위해서 남겨놓은 200명을 투입하라는 말이에요. 타투르에 자유군 부대장들이 있죠?"

−그건······.

"그리고 오르도 창이 창 일가를 이끌고 지원을 갈 거예요. 두 부대라면 충분히 막을 수 있을 거예요."

그의 말에 안슈만은 당혹스러운 목소리로 대답했다.

−안 돼. 타투르에 있는 자유군은 나중에 합류한 병사들이다. 싸움에 투입하기엔 부족해.

"아들이 있어서가 아니고?"

최혁수가 차갑게 말했다.

─……뭐?

"상 일가의 800명이 14거점을 막기 위헤서 이미 움직였어. 그들 모두 가족이 있고 당신의 자유군보다 훨씬 약해! 그런데도 목숨을 내걸고 싸우러 가는 거라고!"

─84거점 괴멸!! 남은 병력들은 76거점으로 후퇴합니다!! 비궁족은 지금부터 용단화부대로 합류한다.

강건우의 목소리가 들렸다.

지도에 보이는 비궁족을 나타내는 점이 노란색에서 붉은색으로 변했다. 지도 제작 상급 스킬 중 하나로 점의 색깔에 따라 병력의 수를 알 수 있었다. 초록색은 처음 산정한 색, 노란색은 절반, 그리고 3분의 1 이하가 되었을 때 붉은색이 된다. 강건우의 비궁족은 나흘의 전투 속에 그 숫자가 3분의 1도 남지 않았다는 말이었다.

그럼에도 불구하고 그의 목소리는 차분했다. 단순히 외지인이기 때문에 가능한 게 아니다. 그는 이미 뼛속까지 비궁족의 일원이었으니까.

강건우의 목소리 안에는 날카로운 비수가 서려 있었다.

─필립이다. 트라멜의 수비는 아직 가능하나. 후방의 요새들이 모두 파괴되어 고립될 가능성이 높다. 후퇴하는 것은 어

떨까?

"요새의 방어군들은요?"

－확인 불가. 척후병의 말로는 가장 가까운 두 개의 요새는 이미 괴물들에게 흡수되어 둥지화가 진행되었다고 한다.

최혁수는 필립의 말에 지도를 바라봤다. 마지막 방어 요새에서부터 트라멜까지는 이틀 거리였다. 그는 입술을 깨물며 말했다.

"삼 일. 삼 일만 더 버티세요. 52거점을 방어하고 난 뒤에 병력을 그리로 보낼게요."

－알겠다.

필립 로엔은 최혁수의 명령에 가타부타 말이 없이 묵묵하게 대답했다.

－삼 일이면 트라멜은 완전히 포위된다고!!

－버티겠다. 대신 삼 일이다. 시간을 어기면 최혁수, 널 가만두지 않을 테니까 그리 알아. 그쪽도 무운을 빈다, 안슈만 쿠마르.

－무슨……!!

그의 말에 안슈만은 이해가 가지 않았다. 트라멜을 보호하고 있는 요새는 모두 다섯이었다. 그 모든 것이 둥지화되었다면 족히 트라멜 주둔군의 다섯 배가 넘는 병력이 그들을 에워싸게 될 것이다.

전멸(全滅).

생각만 해도 끔찍한 일이었다. 모두가 전쟁에 참여했지만 그 누구도 죽고 싶은 사람은 없었다.

"트라멜을 버리면 그 뒤에 있는 북부 왕국들의 수비기 불가능해져요. 무슨 일이 있어도 삼 일 안에 지원군을 보내겠어요."

―믿겠다.

최혁수는 두근거리는 심장을 가까스로 억누르며 수많은 점이 움직이는 지도를 바라보며 말했다.

"모두가 싸우고 있어요. 고작 나흘 만에 10만의 병사가 죽었고요. 안슈만, 당신 마음을 모르는 건 아니지만 우리는 싸울 수 있는 자를 보호할 만큼의 여유가 없어."

빠득―

최혁수의 귓가에 이를 가는 소리가 들렸다. 하지만 그건 더 이상 반항의 의미가 아니라는 것을 느낄 수 있었다.

―자유군을 보내겠다. 잘 부탁한다.

"그 어떤 부대에도 전 최선을 다할 겁니다."

생존을 약속할 수 없다. 승리를 장담할 수도 없다. 하지만 책사로서 자신이 할 수 있는 일은 생각을 모두 끄집어내서 책략을 짜내는 것뿐이었으니까.

"젠장……!!"

그때였다. 상황실 한편에서 들려오는 욕지거리. 그 목소리
에 긴장했던 최혁수는 자신도 모르게 피식 웃고 말았다.

그 웃음을 본 걸까. 최혁수의 주위로 열댓 개의 불꽃이 그
를 나무라는 것처럼 거칠게 움직였다.

"제길!! 머리가 다 터져 버릴 것 같다고!!"

목소리의 주인, 바이칼 가르나드는 자신의 이마에 돋아난
수십 가닥의 힘줄을 누르며 거칠게 외쳤다. 그의 두 눈동자엔
핏발이 거미줄처럼 돋아 마치 처음부터 붉은 눈을 가진 사람
처럼 변해 있었다.

"죽겠군. 진짜……!!"

최혁수가 보는 지도 숫자의 배는 될 것 같은 불꽃들이 여기
저기 그의 주위를 빠르게 돌고 있었다.

"이봐, 포션!!"

그가 외치자 옆에 서 있던 부하가 황급히 그의 입에 병을 물
렸다. 마녀의 비술과 연금술, 그리고 상아탑의 비전술을 합쳐
만든 특수한 포션은 삼 일 밤낮 마력을 쏟아붓고 있는 그를 버
티게 만든 유일한 생명줄이었다.

"후아……! 하나 더!!"

병을 던지며 그가 손을 뻗었다.

그의 양손에는 붕대가 칭칭 감겨 있었다. 자세히 보면 단순

히 손뿐만이 아니라 양다리와 허리에도 붕대가 감겨 있었다.

"넵!!"

포션을 건넨 병사는 그의 허리에 감긴 붕대를 걷어내기 시작했다. 전선에서 부상을 당한 것도 아닌데 그의 몰골은 심각한 부상자와 다를 바 없었다.

마력이 담긴 붕대로 체력을 회복하고 마녀의 비약으로 마력을 회복하면서 두 사람은 인간군의 사령탑이 되고 있었다.

주르륵.

붕대를 감던 병사의 머리 위로 피 한 방울이 툭 하고 떨어졌다.

바이칼은 코피를 손등으로 닦아냈다. 아무리 마력과 체력을 회복하고 있다고 하더라도 며칠 밤낮을 쏟아붓는 동안 소모되는 정신력은 회복할 수 없었다.

"후우⋯⋯."

바이칼 가르나드는 그 와중에도 쏟아지는 전선의 소식들을 염화령(念火令)으로 전하며 인상을 구겼다.

"강무열, 날 이렇게 고생시키면서 진다면 가만두지 않는다."

숱하게 움직이는 불꽃들 사이에서 단 하나만은 며칠째 우두커니 멈춰 있었다.

바로, 무열의 불꽃이었다.

"후우……."

대륙 전역이 전쟁에 휩싸인 지금 단 한 곳만은 쥐죽은 듯 조용했다.

성도(聖都), 위그(Ygg)에 영혼샘이 있던 빈자리에 무열은 가만히 서 있었다. 어렴풋이 들리는 전투 소리들이 그의 귓가를 울렸다.

[넌 정말 끝까지 별난 놈이다.]

부서진 영혼샘의 사원에서 쿤겐은 무열을 향해 말했다.

[정령계에서 했던 약속, 우리가 모두 동의했던 이야기였다.]

[그래, 에테랄의 말이 맞다. 우린 너에게 일말의 불만도 가지고 있지 않아.]

막튠은 에테랄의 말에 맞장구를 쳤다.

목소리만 들리던 그들의 형상이 무열의 주위에 하나둘 나타나기 시작했다. 정령들이 내뿜는 빛에 어두웠던 홀이 서서히 밝혀지기 시작했다.

"하지만 그렇게 했다면 이 힘을 얻지 못했겠지."

[하여간…….]

쿤겐의 빛이 일렁거렸다. 무열의 말에 그의 감정까지 흔들리는 기분이었다. 그리고 신기하게 그 감정이 물밀 듯이 자신에게 들어오는 것을 느꼈다.

지금까지와는 전혀 다른 기분.

그뿐만 아니라 나머지 성령왕들의 생각과 감정이 고스란히 그에게 전해지고 있었다.

❀

"내가 너에게 마지막 남은 광풍(光風)을 얻을 수 있게 해주겠다. 이로써 너는 모든 정령왕을 가지게 되겠지."

정령계에서 디아고는 빛과 어둠의 정령왕을 무열에게 계약하게 해주면서 한 가지 제안을 했다.

"하지만 정령왕의 힘으로도 어머니를 이기는 것은 불가능하다. 네가 신과 같은 힘을 가지지 않는 이상 말이지."

디아고는 그렇게 말하며 가볍게 몸을 떨었다. 누구보다 락슈무의 힘에 대해서 잘 아는 사람이 바로 그였으니까. 그런 존재에게 지금 반기를 들려 하고 있었다.

반신(半神)인 그조차도 이런 일을 상상하는 것만으로도 떨리는 일이었다.

"그렇기 때문에 너는 인간임을 버려야 한다. 그래야 신에한 걸음 더 가까이 다가갈 수 있다."

"방법은?"

"간단하다. 다른 힘을 얻으면 된다."

디아고는 무열을 가리키며 차갑게 웃으며 말했다.

"먹어치움으로써."

"······뭐?"

"네가 가진 정령의 힘들. 지금은 단지 계약이란 규율 아래에서 그들의 힘을 빌려 쓰는 거지. 하지만 그 힘들을 온전히 너의 것으로 만든다면? 너는 지금보다 훨씬 더 강해질 수 있다. 게다가 그 조건이 훌륭하게 지금 준비되어 있잖아."

"그렇게 되면 그들은?"

"하나의 힘이 두 곳에 존재할 수 없듯이 네가 그 힘을 흡수한다면 그들은 자연스럽게 소멸하겠지."

괴물. 무열의 머릿속엔 그 단어밖에 떠오르지 않았다.

"걱정 마라. 어머니와 나, 우리 역시 그렇게 태어났으니 말이야."

"뮤······."

무열의 회상을 깨운 작은 목소리. 그는 허리를 숙이며 아키의 턱을 가볍게 쓸며 말했다.

"그래. 네가 없었다면 불가능했을지 모른다. 고맙다."

무열이 세븐 쓰론에서 유일하게 얻지 못했던 힘이 하나 있었다. 오직 네피림만이 쓸 수 있다고 전해지는 빛의 힘. 바로, 광휘력(光輝力)이었다.

그 마지막 힘을 아키에게서 빌렸다. 뿐만 아니라 속성의 힘을 응축시키는 데 필요했던 차원력은 자신의 것뿐만 아니라 나르 디 마우그의 도움을 받았다.

"나의 육체는 아무리 단련시키고 강해진다 하더라도 인간이다. 인간의 영역을 넘을 수 없지. 그렇기 때문에 녀석은 우리에게 그런 제안을 했던 거다."

정령의 힘을 먹어치우고 신수의 살을 뜯고 용의 뼈를 씹어 먹어 그 모든 힘을 흡수하는 것.

하지만 무열은 디아고의 제안을 받아들이지 않았다.

'이 검이 없었다면 생각하지 못한 일이겠지.'

인간의 영역을 뛰어넘기 위해 인간임을 버린다는 것은 무열이 무열로서 존재할 수 없다는 것을 의미하기도 했다. 끝없이 힘을 갈구하는 존재. 무열은 그것이 자신이 될 필요는 없음을 검 살해자를 통해 깨달았다.

'검 살해자를 매개체로 모든 속성의 힘을 얻는다. 뿐만 아니라 그렇게 되면 나는 정령왕의 모든 힘을 고스란히 사용할 수 있는 것은 물론이고 현신의 망토를 통해 그들을 온전하게

내 안에 담아둘 수 있게 된다.'

위험한 도박이었다. 정령왕을 비롯해서 신수와 백금룡의 힘까지 모두 합친 무열은 그 도박이 성공함으로써 지금까지는 얻지 못한 새로운 스킬을 얻게 되었다.

바로, 생명 공유(生命共有). 정령왕과 동화된 그는 그들의 힘을 사용하게 될 때 그들의 생명까지 공유하게 되었다. 6명의 정령왕이 그와 연결되었다는 것은 그의 생명이 6개, 아니, 본연의 것까지 7개가 된다는 것을 의미했다.

[가장 먼저 내 목숨을 써라.]

쿤겐의 말에 무열은 피식 웃었다.

'시간을 너무 지체했다.'

정령왕의 힘을 갈무리하여 검 살해자에 흡수시키고, 그다음 신수와 백금룡의 힘까지 스며들게 만들어 그것을 다시 적응할 수 있게끔 할 시간이 필요했다. 그렇게 걸린 시간이 나흘. 무열은 너무 많은 시간을 썼다고 생각했지만 시간을 떠나 평범한 인간이라면 애초에 불가능한 일이었다.

하지만 이 힘을 얻기 위해 희생한 것이 너무 많았다. 10만의 목숨. 그리고 무열이 그들을 짊어지고 얻은 마지막 직업, '불멸(不滅)'. 무열은 자신의 상태창에 쓰여 있는 이름을 나지막하게 읊조렸다.

"이모탈 러너(Immortal Runner)."

97장
드디어

"이제 그만 포기하자."

이대범은 거친 숨을 몰아쉬며 자신의 앞을 막는 거치적거리는 나뭇가지를 부러뜨렸다.

"빌어먹을!! 세상이 멸망해 가는데 그깟 복수가 뭐가 중요해!!"

"닥쳐."

김인호는 그의 뒤를 따르며 답답한 듯 로브를 젖히며 말했다.

"세븐 쓰론에 징집되자마자 가족들이 녀석에게 당했다는 것을 알게 되었지만 그 뒤로 녀석의 산채가 무너지고 자취를 감췄다. 이제야 겨우 실마리를 잡았는데 이대로 포기할 수 없어."

"제길. 난 그만두겠어. 어차피 녀석에게 뒤진 것도 아니고!"

절벽 위로 올라온 이대범은 대륙 곳곳에서 발발한 전쟁을 살피며 말했다.

"당신네 일은 안됐지만 어차피 늦었어."

그때였다. 두 사람이 있던 수풀 사이가 흔들렸다.

"······누구."

이대범은 본능적으로 주먹을 쥐며 자세를 취했다.

"그러는 너흰 누구지."

이대범은 자신보다 거대한 남자의 모습에 놀라지 않을 수 없었다. 그의 체구도 내로라하는 전사들과 비교해도 결코 왜소한 것이 아니었기 때문이다.

"베이 신이다."

"······!!"

그의 이름을 듣고 가볍게 놀란 듯했다. 같은 권사의 직업을 가진 사람이라면 절대로 모를 수 없는 이름이었으니까.

"이봐, 대단하신 양반이 어째서 여기에 있는 거지? 권좌 전쟁에서 물러난 뒤에 조용히 살고 있다고 들었는데."

"그랬지."

베이 신은 손을 들어 아래를 가리켰다.

"그런데 이 꼴이 돼서는 조용히 살고 자시고 할 수 없을 것 같아서 말이야."

그의 뒤엔 그를 따르는 몇몇의 부하가 함께 있었다. 권세를 파했지만 여전히 그를 따르고 있었다.

베이 신은 김인호를 잠시 바라보곤 이대범에게 말했다.

"저자는?"

"김인호라고 불멸회 소속의 마법사. 아니지, 안티홈의 마법은 익혔지만 불멸회 소속은 아니랬나? 여튼⋯⋯."

이대범은 귀찮다는 듯 손을 몇 번 휘젓고는 필렀다.

"이정진에게 빚이 있는 건 확실하지. 그리고 그 빌어먹을 놈을 찾으려고 이 생고생을 하고 있었고 말이야."

그의 말에 베이 신의 눈동자가 가볍게 흔들렸다.

"김인호⋯⋯? 혹시 영혼술사인 김인호? 당신이 이정진을 찾고 있었나?"

"그래, 설마 뭔가 알고 있는 거라도 있나?"

김인호는 황급히 베이 신을 향해 소리치듯 물었다.

"알다마다."

"녀석은 어딨지?"

"그는 죽었다."

"⋯⋯뭐?"

김인호는 베이 신의 말에 믿을 수 없다는 표정을 지었다.

"웃기지 마. 며칠 전만 하더라도 네피론의 둥지에서 그의 흔적을 발견했다."

그의 말에 이대범이 고개를 끄덕였다.

"굳이 내가 일면식도 없는 너희들에게 거짓말을 할 필요 없다고 보는데. 나는 내가 본 것만 말한다. 이정진은 죽었다."

"어떻게……?"

김인호는 허탈한 표정으로 말했다.

"하지만…… 너라면 그를 만날 수 있을지도 모르겠군. 좋
다. 보고 싶다면 나를 따라와라."

"재밌군."

락슈무는 커다란 구멍 아래로 걸어 올라오는 무열을 바라
봤다.

"신인 나조차도 인간의 진화는 예상할 수 없군. 언제였
지……. 과거에도 저자와 같은 자가 한 명 있었다고 들었는데."

촤아악---!!

촤악---!!

그녀가 바라보는 구멍 안에서 사방으로 피가 흩뿌려졌다.

수십, 수백의 몬스터가 종잇장 찢기듯 무열의 검에 잘려 나
갔다.

"그래, 다른 차원이라 흘려들었지만 확실히 있었어. 물론,
저자와는 다른 의미의 불멸이지만 그자도 여러 개의 목숨을
갈무리해 죽음에서 벗어날 수 있는 존재가 됐지."

락슈무는 그가 한 층계, 한 층계 걸어 올라올 때마다 기대

에 찬 눈빛으로 그를 바라봤다.

"과연."

파렐의 층계엔 각종 몬스터가 자리하고 있었지만 그들로 그를 막을 수 없다는 것을 그녀는 잘 알고 있었다.

"인간이 내가 산정해 놓은 직업이 아닌 이외에 직업을 만들 수 있다는 생각은 하지 못했는데."

락슈무는 그 순간 불현듯 떠오르는 생각 하나가 있었다. 자율 의지(自律意志). 디아고가 그랬던 것처럼 무열 역시 자신의 시스템에서 벗어난 존재였다.

'그다지…… 중요하게 여기지 않았던 것인데.'

가볍게 여겼던 그 하나의 요소는 마치 주머니 속에서 바늘이 뚫고 나오는 것처럼 서서히 자신이 만든 규율 밖으로 자신의 존재성을 나타냈다.

"결국 너는 나를 만나러 오겠지. 인간이 탑의 정상에 오를 것이라고는 전혀 상상하지 못한 일이지만……."

하지만 락슈무는 그건 그것대로 충분한 유흥거리라 생각했다.

"하지만…… 과연 제때 올 수 있을까?"

그녀는 파렐 안의, 무열을 비추는 구멍 옆의 또 다른 구멍으로 고개를 돌렸다. 그곳엔 푸른색 막대와 붉은 막대, 그리고 검은색의 막대가 그려져 있었다.

검은색 막대는 길이가 늘어났다가 줄어들었다를 반복했지만 나머지 두 막대는 계속해서 짧아지고만 있었다. 줄어들기만 하는 그것은 다름 아닌 토착인과 외지인의 숫자를 나타내는 막대였다.

"파렐에서 쏟아지는 몬스터들로 인해 인간의 수는 계속해서 줄어든다. 어쩌면 네가 이곳에 도달했을 때엔 유일한 인간이 되어 있을지도 모르지."

그녀는 차가운 미소를 지었다.

우우우웅……!

그때였다. 대륙에 존재하는 생명체를 나타내는 세 개의 막대 사이로 새로운 막대가 생성되었다.

"……!?"

예상치 못한 상황에 락슈무는 고개를 돌려 그것을 바라봤다. 공간이 일렁이며 작은 회색 막대가 생성되더니 무서운 기세로 늘어나기 시작했다.

치직…… 치지지직…….

그뿐만 아니라 회색 막대 옆으로 또 하나, 녹색의 막대가 만들어졌다.

"설마……."

락슈무는 인상을 구기며 구멍 아래를 내려다봤다.

"아직 끝나지 않았다."

그런 그녀를 바라보듯 고개를 들어 올리며 무열은 차갑게
말했다.

"하아…… 하아……."

게르발트를 쥔 팔이 부르르 떨렸다. 탄탄한 근육으로 단련
되어 있던 강건우의 팔은 더 이상 활을 들고 있는 것조차 버
거워 보였다. 얼마나 많은 괴물을 죽였을까. 숫자를 세는 것
따위의 여유는 이틀 밤이 지날 때부터 사라진 지 오래였다.

[크르르르르…….]

하지만 눈앞의 몬스터들은 여전히 그를 향해 날카로운 이
빨을 드리우며 숨통을 조여오고 있었다.

"제길, 더럽게 많군. 안 그래? 키누."

강건우는 그런 녀석들에게 눈을 떼지 않고 자신의 옆에서
함께 싸우던 동료를 불렀다. 비궁족 족장 스완 무카리의 아들
인 키누 무카리. 자신을 제외하고 비궁족에서 가장 활을 당기
는 능력이 뛰어난 자였다.

"……."

하지만 강건우의 말에 그 어떤 대답도 돌아오지 않았다.

고개를 돌렸다. 어젯밤까지만 하더라도 함께 싸웠던 동료는 지금 허리가 반토막으로 잘린 채 바닥에 너부러져 있었다. 눈조차 감지 못한 채 죽은 키누는 그런 와중에도 손에 활을 꽉 쥐고 있었다.

주위를 둘러본다. 어느새 살아남아 서 있는 사람은 자신뿐이었다. 아마 그 역시 3차 전직을 하지 않았더라면 이미 그들과 똑같은 신세였을지 모른다.

'용단화부대까지 가는 건 불가능하겠군.'

빠득.

그는 허탈한 미소를 지으며 입술을 깨물었다.

—거기서 당장 빠져나오세요!!

최혁수의 목소리가 염화령의 불꽃을 통해 들렸다. 다급한 그의 목소리에도 불구하고 강건우 고개를 저었다.

"불가능하단 걸 알잖아."

지금 할 수 있는 건 조금이라도 몬스터를 줄이는 것뿐이다.

꽈드드득…….

강건우는 있는 힘껏 게르발트의 시위를 당겼다.

[크아아아아아———!!]

그 순간, 일제히 괴물들이 그를 향해 달려들었다.

당겼던 시위를 놓을 힘조차 없어 강건우는 그대로 활을 떨어뜨리며 눈을 감았다.

그때였다. 몬스터들이 그의 목을 물어뜯기 바로 직전.

슉!! 수슉!!!

쇄아아아아악――!!

바람을 가르는 수십 발의 화살이 그의 수면에 날카롭게 날아들어 몬스터의 목을 정확히 꿰뚫었다. 고통에 몸부림치며 녀석들이 바닥을 나뒹굴었다. 한 발, 한 발 정확히 급소를 노린 화살 세례가 끝난 뒤 강건우의 주변엔 정적이 흘렀다.

"……!!!"

눈을 감았던 그가 천천히 주위를 살폈다. 조금 전까지 달려들던 몬스터들이 모두 바닥에 쓰러져 있었다. 그는 황급히 뒤를 돌아보았다. 은빛의 장궁을 들고 있는 수천 명의 병사가 겨누었던 활을 내렸다.

인간이 아니었다. 그들의 앞에 서 있는 남자는 강건우를 바라보며 말했다.

"지금부터 엘프군은 신류대전(神類大戰)에 참전하겠다."

그는 바로, 수호장(守護將) 위그나타르였다.

"대장님!!"

"그래, 알고 있다."

트라멜의 성벽에 서 있던 필립 로엔은 그곳을 향해 달려오는 무리들을 바라보며 나지막하게 말했다.

어둠 속에서 느껴지는 진동.

최혁수가 말했던 삼 일이 채 되지 않은 이틀째 밤. 발소리가 가까워지고 있음을 트라멜에 있는 사람들은 느낄 수 있었다. 긴장이 역력한 침묵이 성벽을 가득 채웠다. 병사들은 전방을 주시했다.

그 순간, 전쟁이 시작된 뒤 처음으로 필립 로엔의 얼굴에 옅은 미소가 드리워졌다.

쿠으으으으으……!!

몬스터의 둥지가 되었던 요새들이 무너지며 불타오르는 화염이 마치 거대한 횃불처럼 보였다. 하나둘 늘어나는 불꽃이 다섯 개가 되었을 때 병사들은 육안으로 대지를 질주하는 존재들의 정체를 알 수 있었다.

"크하하하!!"

호탕한 웃음소리가 그들의 귀를 때렸다.

콰직———!!

두개골이 깨지는 둔탁한 소리가 들렸다. 주변에 있던 몬스터들은 그 소리에 본능적으로 두려움을 느낀 듯 사방으로 흩어졌다.

"……."

필립 로엔은 선두에 선 그를 바라봤다. 아이언바르의 새로운 수장. 칼룬 뮤르는 스스로 고친 트로비욘의 해머를 머리 위로 번쩍 들어 올렸다.

은빛이 번뜩거리며 어두운 진영을 훤히게 밝혔다.

쾅-!! 쾅-!! 쾅-!!!

그의 뒤를 따라 골렘들이 내딛는 발아래 몬스터들이 사정없이 밟히고 터졌다.

"이 빌어먹을 놈들!! 모두 처죽여 버려!!"

골렘부대를 필두로 마도 전차를 이끌고 달리는 드워프군의 맹렬한 기세를 바라보며 필립은 흑참을 쥐고 있던 손에 자신도 모르게 힘이 들어갔다.

와아아아아아아---!!

와아아아---!!

아이언바르의 지원을 확인한 병사들이 일제히 환호성을 지르며 그들을 맞이했다. 죽음의 문턱에서 생환하게 된 필립 로엔은 그제야 긴장이 풀린 듯 낮은 목소리로 말했다.

"신과 싸우는 건…… 비단 인간만이 아니었던가."

콰아앙---!!!

락슈무가 내려친 옥좌의 손잡이가 충격을 버티지 못하고 요란한 소리와 함께 산산조각이 났다.

"이…… 이게!!!"

예상치 못한 두 종족의 난입으로 전쟁은 이제 알 수 없는 방향으로 나아갔다.

그때였다.

쿠르르르르르…….

사원의 앞에 닫혀 있던 거대한 문이 천천히 열리기 시작했다. 분노에 찬 락슈무의 얼굴이 더욱더 일그러졌다.

무열의 전신은 몬스터의 피로 뒤덮였지만 날카로운 검날만큼은 깨끗했다.

저벅- 저벅- 저벅-

무열은 천천히 락슈무를 향해 걸어갔다. 그러고는 그 오랜 세월 동안 내뱉고 싶었던 한마디를 토해냈다.

"드디어 만났다."

짝- 짝- 짝-

우주의 한가운데에 서 있는 것 같은 어지럼증이 느껴졌다.

사원의 바닥은 무엇보다 단단하면서도 한편으론 한없이 물렁하게 느껴졌다. 발을 내디딜 때마다 꼭 멀미가 나는 기분이었다.

"……"

박수 소리를 들으며 무열은 천천히 고개를 들었다.

옥좌 위에 앉아 있는 락슈무. 세븐 쓰론에 처음 징집되었을 때 그녀를 본 뒤 다시 저 얼굴을 보기까지 참으로 오랜 세월이 걸렸다.

요란하게 들려오는 박수 소리는 마치 그의 마음을 비웃는 것처럼 느껴졌다.

"정말로 이곳까지 도달하는 인간이 있을 줄이야. 놀랍군, 놀라워."

"그다지 놀라울 일도 아닌데. 네가 만든 세계가 보잘것없어서일지도 모르지."

무열의 도발에 락슈무는 잠시 입을 다물었다. 파렐은 마치 하늘에 닿기 위해 지어진 바벨탑처럼 그 끝을 알 수 없는 거대한 높이였다. 하지만 막상 안에 들어오니 생각보다 많은 층으로 되어 있는 건 아니었다.

15층. 하지만 그 한 층 한 층의 크기가 놀라울 정도로 광활했다. 말 그대로 그 안은 전혀 다른 세상이었다. 각각이 하나의 세계라 해도 과언이 아닐 정도였다. 어떤 층은 사막이었고,

어떤 층은 피라미드 안의 미로처럼 단단한 석벽으로 되어 있었다. 또 어떤 층은 늪지였고, 어떤 층은 아무것도 없는 무의 공간이기도 했다.

파렐은 마치 디아고가 보여주었던 세계의 구성, 그것을 작게 축소해 놓은 것 같은 형태였다.

"너희가 생각하는 신이란 결국 이 한 구역의 관리자라고 볼 수 있다."

무열은 디아고의 말을 떠올렸다. 대단한 락슈무조차 결국 거대한 차원의 한 칸을 소유한 것에 불과하다.

그는 그 사실을 알게 된 이후, 인간이 얼마나 작고 보잘것없는 존재인가에 대한 두려움보다 신이란 존재가 결코 넘볼 수 없는 존재가 아니라는 것에 더욱 희열을 느꼈다.

어쩌면 락슈무가 자신의 힘으로 만들 수 있는 진짜 세계는 고작 이 파렐이 전부가 아닐까라는 생각이 들었다. 멀게만 느껴졌던 자신의 목표에 한 걸음 더 가까이 간 듯한 희망이 보였기 때문이다.

'저건가.'

정령계에서 디아고를 만났을 때 그는 신의 힘이 생성되는 원천에 대해서 말했었다. 태초부터 차원을 구성하고 창조하고 때로는 파괴할 수 있는 신의 힘, 차원력(次元力). 그리고 그 차원력이 응집되어 만들어진 것이 바로 그녀의 머리 위에 있는 디멘션 스파이럴(Dimension Spiral)이라는 소용돌이였다.

무열은 그것을 주시했다.

'서켤 빠괴애아 한나.'

신의 유일한 약점.

"인간을 가지고 노는 게 재밌나?"

그는 자신의 감정을 숨긴 채 천천히 입을 열었다.

본능적으로 알 수 있었다.

권좌(權座).

결국 이 싸움은 처음 락슈무가 말했던 것처럼 단 하나의 자리에 앉는 자가 진정한 승리를 얻을 수 있었다. 지금 그 자리에 앉아 있는 사람은 락슈무인 것이며 그 자리를 빼앗기 위해 도전하는 자가 바로 자신이었다.

우-우-우-웅…….

무열이 검을 뽑았다. 검 살해자가 긴장한 듯 파르르 떨렸다.

그는 주위를 둘러봤다. 사원의 거대한 홀을 찬찬히 살피던 그의 감상은 단순했다.

"싸우기에 충분하겠어."

그의 말에 락슈무는 기가 차다는 듯 피식 웃었다.

"그럼 이번엔 네 차례다."

정말로 자신에게 검을 드리우다니. 이런 어처구니없는 녀석은 처음 봤다. 락슈무는 아무런 말도 없이 그가 어떻게 할지 바라봤다.

팟-!!

그때였다. 무열의 모습이 사라짐과 동시에.

콰아아앙---!!

락슈무의 옆에서 강렬한 폭음이 터져 나왔다.

본능적으로 무열은 있는 힘껏 검을 내려쳤다. 그의 검에서 날카로운 푸른빛이 서렸다. 그리고 반대쪽 손에는 검은 돌풍이 솟구쳐 올랐다. 마력과 암흑력이 동시에 응축되며 두 손으로 검 살해자의 손잡이를 잡자 다시 한번 3개의 고리가 검날을 감싸듯 생성되었다.

마나 정기(Mana Spirit).

3개의 중첩된 힘이 날에 스며들자 검날이 파르르 떨리며 울었다.

"후우……."

본능적으로 휘두른 검에 사원의 바닥이 파괴되면서 사방으로 잔해들이 튀었다.

낮은 숨을 토해낸 순간, 무열은 자신의 뒷덜미가 싸늘해지는 기분이 들었다. 그의 일격에 부서진 잔해들이 마치 슬라임의 몸처럼 서서히 녹아들더니 사원은 처음 상태로 복구되기 시작했다. 하지만 부서진 사원이 다시 만들어지는 것보다 놀라운 건 폭발의 연기 속에서도 락슈무는 아무렇지 않은 듯 여전히 옥좌에 앉아만 있다는 사실이었다.

파즉……!!

검 살해자의 섬날에 미세하게 금이 가며 그 조각이 바다으로 떨어졌다.

"……."

지금까지 피 한 방울 묻지 않을 정도로 예리했던 검날이 단 한 번으로 이가 빠진 것이다.

"보상을 주마. 너만은 지구로 다시 돌려보내 주겠다. 원한다면 너의 가족까지."

어깨에서 온기가 느껴졌다.

"……!!"

무열이 고개를 들었다. 어느새 옥좌는 비어 있었고 락슈무는 그의 어깨에 손을 얹고 나지막하게 속삭이고 있었다.

파즈즈즉……!!

무열이 허리에서 격로검을 뽑으며 몸을 돌려 있는 힘껏 그녀를 향해 검을 그었다. 쿤겐의 힘이 담긴 검날에서 번뜩이는 전격이 뿜어져 나왔다. 사방으로 그물처럼 퍼져 나가는 전격이 락슈무를 덮쳤다.

쾅앙———!!!

그녀가 발로 바닥을 내려치자 전격의 그물이 산산조각 나며 흩어졌다.

"인간의 궁극적인 목표는 살기 위함 아닌가? 왜 쉬운 길을 포기하고 어려운 길을 택하려고 하지?"

무열은 락슈무의 말을 무시한 채 다시 한번 검을 그었다.

비연검(飛軟劍) − 4식(式).

두 개의 검이 지그재그로 움직이며 그녀의 목을 노렸다.

강검술(强劍術) − 1식(式).

하지만 락슈무는 생채기 하나 없었다. 그녀는 자신의 목 앞에 멈춰 있는 두 자루의 검날을 바라보며 가볍게 고개를 꺾었다.

빠득−!!

무열이 이를 악물며 다시 한번 검을 들어 올렸다.

백색기검(百色氣劍) − 3식(式).

흐릿한 잔상과 함께 새하얀 냉기가 칼날에 뿜어졌다. 에테랄의 기운이 더해져 더욱더 맹렬하게 솟구치는 빙결은 사원 전체를 얼어붙게 만들 것 같았다.

쏟아지는 연격(連擊).

"결국 어리석은 인간이라는 건가."

그러나 락슈무는 여전히 아무렇지 않은 듯 담담한 표정으로 말했다. 그녀의 그런 모습에 무열은 피가 거꾸로 솟는 기분이었다. 그리고 그럴수록 그녀는 즐거워하는 듯했다.

"지랄하지 마. 나만은 지구로 보내주겠다고? 그럼 이곳에 남아 있는 사람들은? 네년이 하고 싶은 건 세븐 쓰론에 남은 자들이 죽는 광경을 보고 싶은 것일 뿐이잖아."

"흐음."

"입에 발린 말로 속이려 하지 마라."

락슈무는 무열의 말에 고개를 천천히 저었다.

"설마. 나는 그들이 죽는 것을 본다 한들 결코 즐겁지 않다. 내가 고작 그런 걸 보기 위해 이렇게 공을 들였다고 생각하나?"

그 순간, 그녀의 입안에 날카로운 송곳니가 번뜩였다.

"홀로 남은 인간이 절망하는 모습을 보는 것. 그리고 그걸 내 손으로 끝내는 것."

인류의 멸망.

그녀에게 있어서 단순히 모든 생명의 죽음이 중요한 게 아니었다. 멸망 속에 남은 하나의 절망. 그것이 락슈무에게 희열이 되어 돌아오는 것이다.

"그게 나인가."

무열의 말에 락슈무의 입술이 씰룩거렸다. 디아고의 말처럼 종족 전쟁의 결말은 이미 정해져 있었고 그 누구도 살아남지 못할 것이라는 말.

그녀가 천천히 손을 들어 올렸다. 강력한 역장이 생성되며 무열의 어깨가 짓눌리는 기분이었다.

"큭?!"

자신도 모르게 무릎을 꿇으며 바닥에 주저앉을 뻔한 그는 그 짧은 순간에 두 자루의 검을 지면에 꽂아 넣었다.

쿠웅–!!

검날이 파르르 떨렸다. 그와 동시에 그의 두 다리 역시 부르르 흔들렸다.

"으윽……!!"

검을 지팡이 삼아 무열은 있는 힘껏 락슈무의 힘에 저항했다. 굽혀졌던 무릎이 서서히 펴졌다. 꺾였던 허리가 천천히 곧게 펴지자 락슈무는 놀랍다는 얼굴로 그를 바라봤다.

"호오."

하지만 그것도 잠시.

딱–!!

락슈무가 손가락을 튕기며 소리를 내자 힘겹게 버텼던 무열의 반항은 순식간에 무너졌다. 엄청난 무게가 그의 몸을 짓눌렀다.

"네가 특별하다고 생각하지 마라. 너 역시 그저 내 눈엔 한낱 수많은 인간 중 한 명일 뿐이니까."

그녀는 무열의 머리를 잡아 바닥에 찍어 눌렀다.

"고작 너 하나의 절망스러운 얼굴을 봐서 무엇이 즐겁지? 절망이 죽음뿐이라고 생각하나? 홀로 남겨진 것만이 절망이라고 생각하나?"

락슈무는 허리를 숙여 무열의 귓가에 대고 속삭였다.

"아니지, 그 반대가 함께 있어야 진짜 절망이다."

"······퉉!!!"

바닥에 얼굴이 뭉개질 듯 짓눌린 무열의 시야에 들어오는 광경.

"······!!"

그것을 본 순간 그의 얼굴이 구겨졌다. 락슈무는 그런 무열의 반응에 즐거운 듯 입술을 핥으며 말했다.

"진짜 재미있는 건 지금부터지."

[크르르르르······.]

[크륵······크르륵······!!]

광활한 대지. 지면을 뚫고 뼈밖에 남지 않은 팔이 튀어나왔다. 까드득거리는 뼈가 갈리는 소리와 함께 삐그덕 삐그덕 튀어나오는 해골들.

사자소환(死者召還).

그 자체만으로는 특별한 것은 아니다. 스켈레톤이나 레이스 같은 언데드를 부리는 마법사들은 세븐 쓰론에도 존재했으니까. 하지만 이건 전혀 달랐다.

그 순간, 사원 안에 분노에 찬 무열의 외침이 울렸다.

"락슈무———!!!!"

"대장……?"

레인성을 방어하던 앤섬 하워드는 믿을 수 없다는 표정으로 나지막하게 중얼거렸다.

[푸흐으으으……]

입에서 흘러나오는 새하얀 연기는 겨울도 아닌데 입김처럼 선명하게 보였다. 마치 영혼이 흘러나오는 것처럼 그들이 숨을 토해낼 때마다 전장은 안개가 낀 듯 뿌옇게 변하기 시작했다.

"이게 어떻게……."

찬란한 황금빛의 갑옷을 입고 그때와 마찬가지로 두꺼운 검을 쥔 남자. 바로, 휀 레이놀즈였다.

그뿐만이 아니었다. 그의 뒤에는 죽은 3대장이 서 있었고 그들을 따르는 수많은 병사 역시 낯이 익었다.

저벅– 저벅– 저벅–

그들이 걸음을 걸을 때마다 너덜너덜해진 살점들이 후두둑 떨어졌다.

[υφ𝑋 οκ ωγω𝑋……!! 𝔰ᵗ–!!]

휀 레이놀즈가 자신의 검을 머리 위로 들어 올리며 알 수 없는 말로 소리쳤다. 그러자 그의 눈동자가 새하얗게 변하며 차가운 냉기가 주변으로 흩뿌려졌다.

[크르르르르르······!!]

[크아아아아————!!!!]

그의 외침을 들은 병사들이 붉은 아우라에 휩싸이며 미친 듯이 레인성을 향해 달리기 시작했다.

앤섬 하워드는 그게 뭔지 잘 알고 있었다. 휀 레이놀즈가 생전에 사용했던 워 로드(War Lord)의 고유 스킬, 용맹(勇猛).

"말도 안 돼······."

희대의 책사라 불리던 앤섬조차 눈앞에 펼쳐진 광경을 어떻게 해결해야 할지 몰라 머릿속이 하얘지는 기분이었다.

그뿐만이 아니었다.

트라멜, 레인성, 타투르, 위그······.

거점에 있는 모든 사람 역시 넋을 잃고 그저 바라보고만 있었다.

파렐이 생성되고 고작 나흘 동안 무려 10만의 사람이 죽었다. 그리고 종족 전쟁이 치러지는 동안엔? 아니, 그보다 훨씬 더 전, 권좌 전쟁으로 인해 희생당한 자들은 또 몇 명이던가.

꿀꺽—

"신이시여······."

앤섬 하워드는 자신도 모르게 습관적으로 내뱉은 말에 흠칫하고 말았다. 성호를 긋던 자신의 손을 부러뜨리고 싶었다.

이 모든 게 바로 신이 만든 거니까.

　세븐 쓰론 전역(全域).
　죽은 자들이 안식을 깨고 무덤을 나와 동료였던 자들에게
검을 겨누다.

98장
신류대전(1)

"이게…… 뭐야?"

이대범은 눈앞의 광경을 바라보며 믿을 수 없다는 듯 말했다.

"시체가 더 늘었군."

베이 신은 언덕 아래를 내려다보며 말했다.

[크르르르……]

[크윽…… 크윽……]

시체들이 계속해서 지면을 뚫고 기어 나오고 있었다. 어떤 것들은 완전히 살이 썩어 뼈밖에 남지 않았고 어떤 것들은 좀비처럼 반쯤 썩은 몸을 이끌고 어기적거리며 모습을 드러냈다.

수십, 수백의 시체. 그 앞에 낯익은 얼굴이 있었다.

빠득.

이정진이었다.

베이 신의 말은 거짓말이 아니었다. 선두에 서 있는 그를 바라보며 김인호는 자신도 모르게 이를 갈았다.

"언제부터 이렇게 되었지?"

"파렐이 생기고 난 뒤부터. 이정진의 시체를 발견한 건 그때였다."

"녀석 정도의 실력자가 그렇게 쉽게 당할 리가 없다. 그놈이 내 뒤를 치긴 했지만 확실히 이렇게 죽을 놈은 아니었어."

이대범은 네피론의 둥지에서 그가 네피론을 사냥하는 것을 봤었다. 온몸이 불타는 듯한, 처음 보는 스킬로 그는 쉽사리 네피론을 제압했다.

신무화경(神武化境).

이강호의 심법이었던 그것을 완벽하게 자신의 것으로 만든 그는 그 뒤로도 많은 스킬을 먹어치웠다.

권좌 전쟁에서 밀린 그는 그 뒤로도 호시탐탐 무열을 노렸다. 하지만 자신의 역량으로는 무열을 쫓아갈 수 없다는 것을 알았다.

악은 악을 낳는다. 그럼에도 불구하고 강함을 열망하는 그는 살인을 포기하지 않았다.

그런 그가 이렇게 싸늘한 시체가 되어 안식마저 찾지 못한 채 언데드가 되었을 것이라고는 상상도 하지 못한 일이었다.

"글쎄, 인간이 죽인 게 아니라 신이 죽인 걸지도 모르지."

"뭐?"

베이 신은 어깨를 들썩이며 말했다.

"장기말이 필요해서. 처음엔 저 녀석과 낯낯의 년네드뿐이었는데. 어째서 지금 이렇게 많이 늘어난 거지?"

베이 신은 이정진과 그의 무리들로 생각되는 시체를 바라보며 말했다.

"여기뿐만이 아니다. 대륙에 셀 수도 없을 정도로 많은 언데드가 소환되고 있어."

"그게 무슨 말이지?"

김인호는 느껴지는 저릿저릿한 기운에 굳은 얼굴로 말했다.

[크르르르르……]

시체들은 이정진을 필두로 천천히 걸어가기 시작했다. 무작위에 이렇다 할 규칙이 없는 보통의 언데드들과는 달리 그들은 일정한 규모로 무리를 이루어 움직이기 시작했다.

"아마도 저 녀석들을 이끄는 특정한 시체들이 있는 것 같더군. 이정진처럼 말이야. 율리, 낌새가 좋지 않다. 모두 집결시켜."

"알겠습니다."

베이 신은 자신의 뒤에 서 있던 부하에게 말했다. 인적이 드문 이곳에서조차 죽은 자들이 있었다. 그렇다면 전장이 된 곳은 두말할 것 없는 일이었다.

"내려간다."

"웃기지 마. 이대로 물러나지 않는다."

"그러면?"

김인호는 빠득 이를 갈며 말했다. 이곳에 있는 자들은 알지 못하겠지만 그 역시 전생(前生)에서 이름을 날린 강자 중의 강자였고 그건 현생에 와서도 마찬가지였다.

고작 이정진이란 자에게 목을 맬 그런 위인이 아니었다. 어쩌면 무열이 이정진의 산채를 파괴하지 않았더라면 달라졌을지도 모른다. 변화된 미래만큼 현생의 삶을 사는 자들의 미래 역시 바뀌었다.

김인호가 그런 것처럼 이정진 역시.

"신이 한 짓이라고? 빌어먹을. 신이든 인간이든 상관없어. 내 목표는 저 새끼니까."

김인호의 두 팔에 겹겹이 자줏빛의 마법진이 만들어졌다.

"신이 죽은 자를 이용하기 위해 부활시켰다 하더라도 네놈은 그런 식으로 편하게 죽게 놔두지 않아."

하나, 둘, 셋, 넷…….

계속해서 생성되는 마법진은 손등에 시전된 하나의 마법진에 응축되기 시작했다. 베이 신은 그 모습에 자못 놀란 표정을 지었다. 중첩 마법진을 사용하는 것은 안티홈에 있는 불멸회의 마법사도 쉽사리 할 수 있는 것이 아니었다. 그의 권세에 있던 마법사들 중에는 두 개 이상의 마법진을 동시에 소환할 수 있는 자도 없었기 때문이다.

"죽었다고 해서 용서받을 수 있다고 생각하지 마라. 내가 왜 고스트 바인드(Ghost Bind)라 불리는지 똑똑히 보여줄 테니."

김인호는 이정진을 향해 으르렁거리듯 말했다.

"네놈은 내 손으로 죽어서까지 죗값을 치르게 만들 테니까."

영혼 포박(靈魂捕縛).

죽은 자들을 다루는 김인호만이 사용할 수 있는 특수한 스킬. 그의 마법이 시전되자 언덕 아래에 있던 언데드들의 움직임이 굳었다.

베이 신은 그 모습을 보며 가늘게 눈을 떴다.

'어쩌면 네가 이 지독한 상황을 타개할 수 있는 열쇠가 될지도 모르겠군.'

***

"네가 그러고도 신인가? 적어도 너 때문에 죽은 자들에 대한 안식마저 짓밟겠다는 거냐."

락슈무는 무열의 말에 가볍게 웃었다. 그의 분노가 느껴지면 느껴질수록 그녀는 더욱 희열을 느끼는 것 같았다.

"좋은 표정이군. 슬프겠지. 비통하고. 한때 가족이었고 동료였던 자들을 죽여야 하니 말이야."

"……"

"이대로 저들과 함께 안식을 취하는 것도 어쩌면 행복일지 모른다. 오히려 감사해야지. 그런 선택을 할 수 있는 기회를 준 내게."

"아니."

무열은 락슈무의 말에 차갑게 말했다.

"그 누구도 썩은 내 나는 언데드와 함께 생을 마감하고 싶은 자는 없을걸. 살고자 하는 욕망, 인간은 그러한 존재니까."

그는 구멍 아래를 내려다보았다.

"어차피 죽은 자들. 자비를 베푼다 하더라도 그들이 되살아나는 것은 아니니까."

혼란은 사그라지고 어느새 병사들은 넘어오는 괴물들을 향해 싸우고 있었다. 그 모습을 예상한 듯 무열은 몸을 돌렸다.

"그렇지. 싸울 수 있는 모든 방법을 동원해서 싸운다. 그게 인간이지."

콰앙———!!!

[현신(現神)의 망토가 발동되었습니다.]

무열의 전신을 휘감는 폭풍.

이모탈 러너(Immortal Runner)가 되면서 모든 정령왕과 힘을 공유하게 된 그의 망토는 이제 단순히 정령의 힘을 소환하는 것에 그치지 않았다.

[지속 시간 : ???분]

하나둘 정령왕들의 힘이 그의 몸으로 흡수되었다. 그와 동시에 그 힘들이 검 살해자 안으로 스며들었다.

그러자 날에 그려진 흰색 줄이 선명하게 도드라지며 거미줄처럼 검날에 무열에게서 응축된 힘을 퍼뜨리기 시작했다. 모든 속성석을 검날에 바른 것처럼 칠흑같이 검은 날이 서서히 유리처럼 투명하게 빛났다.

"흐아아압!!!"

날카로운 기합 소리와 함께 그가 튀어 올랐다. 광풍의 기운과 함께 그의 몸이 공중에서 한 바퀴 회전하며 그대로 락슈무의 품 안으로 달려들어 검을 찔러 넣었다.

콰아앙———!!

굉음과 함께 검 살해자가 튕겨 나갔다.

지금까지와는 달리 락슈무의 몸이 가볍게 비틀거렸다. 무열은 그 반동에 왼팔로 아래에서 위로 격로검을 쳐올렸다.

카드득……!!

격로검이 락슈무의 팔에 걸리자 충격을 이기지 못하고 무열이 검을 놓치고 말았다. 바닥에 착지한 그는 그대로 다시 한번 그녀를 향해 돌진했다. 지그재그로 움직이는 속도는 육안으로 좇을 수 없을 정도였다.

섬격(殲擊).

있는 힘껏 검 살해자를 위에서 아래로 그었다. 날카로운 검기가 락슈무를 향해 쏟아졌다. 하지만 그녀는 그저 미풍을 맞이하는 것처럼 가볍게 손을 들어 그의 공격을 막았다.

거리는 순식간에 다시 좁혀졌다. 무열이 튕겨 나간 격로검 대신 얼음 발톱을 쥐고 핑그르르 회전하며 가로로 그녀의 허리를 노리고 검을 베었다.

파즉……!!

얼음 발톱은 단 일격을 버티지 못하고 쩌적 금이 갔다. 하지만 그는 멈추지 않고 다시 한번 불타는 징벌을 꺼내어 뛰어올랐다.

"……."

정면에서 무열이 락슈무의 머리 위로 차크람을 찍어 눌렀다.

카가가가가각───!!!

불꽃이 일며 갈리는 소리가 요란하게 울렸다. 충돌한 차크람이 그 힘을 버티지 못하고 돌기처럼 튀어나온 날의 가시들이 부러졌다. 생각지도 못한 무열의 공격에 락슈무는 당황한 듯 방어하지 못했다.

무열이 부러진 차크람을 던지며 그녀의 품 안으로 파고들어 있는 힘껏 어깻죽지를 물어뜯었다. 그 어떤 무기도 통하지 않던 절대 방어가 깨지며 뜨거운 핏물이 그의 혀끝에 느껴졌다.

촤아아악……!!!

살점이 뜯기며 락슈무의 어깨에서 붉은 피가 흘러나왔다. 무열의 입가는 흡혈귀처럼 붉게 변했다.

"퉷!"

그는 물어뜯은 살점을 바닥에 뱉었다. 입맛을 버렸다는 듯 그는 몇 번 더 침을 뱉고는 말했다.

"나도 마찬가지다."

멋들어진 승리 따윈 자신과 어울리지 않는다. 진흙탕을 구르면서 어떻게든 살아남았던 전생(前生)의 자신을 떠올리면 지금 이 자리에 있는 것만으로도 말도 안 되는 일이었으니까.

살아남기 위해서라면, 돌아가기 위해서라면.

무열은 락슈무를 향해 으르렁거리듯 말했다.

"나는 무슨 짓이든 할 것이다."

그의 말보다 그에게 뜯긴 자신의 살점을 바라보며 락슈무는 참을 수 없는 분노를 느꼈다. 아리따운 얼굴이 일그러지기 시작했다.

"지금…… 뭘 한 거지?"

상처는 순식간에 나았다.

쿠드드득…….

사원의 바닥은 마치 포식자처럼 떨어진 락슈무의 살점마저 먹어치웠다.

고작 물어뜯는 것 정도로 그녀를 어떻게 할 수 없다는 걸 잘 알았다. 하지만 상처의 크기보다 그 방식에서 락슈무의 자존심이 구겨진 것이다. 무열은 처음으로 일그러진 그녀의 얼굴을 비웃으며 날카롭게 말했다.

"덤벼."

"전방 상공에 가고일!!"

"방패병 준비!!"

쾅!! 쾅!! 콰아아앙－－－!!!

타워 실드로 무장한 방패병들이 성벽 앞을 막으며 궁수들을 보호했다. 가고일이 떨어뜨리는 바위들을 막자 그다음에는 성벽으로 기어오르는 언데드들을 창병이 막았다.

"크악!!"

창에 찔리면서 쓰러지는 언데드들은 고통도 모르는 듯 쌓이는 동료의 사체를 밟고 계속해서 밀려 올라오고 있었다. 언데드들의 손에 끌려간 병사들이 바닥에 떨어지자마자 언데드들은 먹이를 기다리는 맹수처럼 그들을 물어뜯었다.

공세는 그것으로 끝나지 않았다. 언데드들 뒤에는 파렐에서 쏟아진 고블린과 오크들이 성벽을 두들겼다.

"아악!!"

"으아아악……!!"

성벽 위로 몬스터들이 올라오는 것을 가까스로 막고 있을 때 오크의 뒤에 서 있던 날렵한 트롤들이 괴물 같은 신체 능력으로 성벽을 뛰어넘어 방어군들을 아래로 집어 던졌다. 인간의 2배에 가까운 트롤들이 병사들의 머리를 움켜잡고는 장난감처럼 흔들었다.

콰아아아아아———!!!

그때였다.

날카로운 섬광이 번뜩였다. 정신없이 날뛰던 트롤의 목이 잘리며 육중한 몸이 성벽 아래로 떨어졌다.

빛나는 은빛 창날. 아우둠(Audhum)이었다.

19거점을 방어하던 노승현은 자신의 떨리는 손목에 끈으로 창을 묶으며 소리쳤다. 며칠 밤낮으로 이어지는 전투는 아무리 그라도 버티기 힘들었다.

"화염 스킬을 쓸 수 있는 자들은 모두 동쪽에 집결시켜라. 언데드에게 집중한다. 그동안 동료였던 기억은 잊어라!!"

"넵!!!"

잘려 나간 트롤의 머리를 발로 밟으며 그는 말했다.

"여긴 나 혼자 막겠다."

콰앙———!!!

그 순간, 노승현이 아우둠을 성벽 바닥에 있는 힘껏 찍었다.

쩌적…… 쩌저적…….

아우둠의 창날에서 시작되는 빙결창의 차가운 얼음이 급속도로 퍼지며 성벽을 에워쌌다. 순식간에 얼음벽이 된 성벽은 입구마저 완벽하게 닫혀 더 이상 물러날 곳이 없었다.

툭-

노승현은 아우둠을 쥔 채로 자세를 잡았다. 눈앞에 보이는 수십만의 적을 바라보며 낮은 숨을 토해냈다.

저 멀리 보이는 파렐이란 탑에서 강무열이 싸우고 있을 것이다. 자신이 해야 할 일은 이곳을 지키는 것. 그에겐 다른 사람들과 달리 이곳을 지켜야 하는 이유가 또 하나 있었다.

'카토 치츠카, 무슨 일이 있어도 여긴 내가 버틴다. 네 마지막 계획을 실행할 때다.'

❖

-타투르 전역에 언데드 포착!!

－54거점 파괴!! 부활한 안톤 일리야의 부대가 진격 중입니다!!

－구(舊) 나락바위에서 네크로맨서 계열의 시체가 확인되었습니다. 바위 근처에 있던 시체들을 제어하여 북진 중입니다! 숫자는 약 1천 이상!!

갑자기 쏟아지는 보고들에 상황실은 마비가 되었다.

"책략은?!"

"잠깐…… 잠깐만요!!"

바이칼 가르나드는 쏟아지는 통신을 그에게 전하면서도 그게 얼마나 무리한 요구인지를 잘 알고 있었다.

지도에 새로 생성된 검은 점들. 마치 파도처럼 밀고 들어오는 그것들은 아이언바르와 엘븐하임에서 온 지원군들을 빠르게 몰아넣고 있었다.

"교단과 연결해 주세요. 보관된 모든 성수를 응축시켜서 하나로 만들라고 하세요."

"성수를?"

"네, 영혼샘이 있으면 가능할 거예요."

최혁수의 말에 바이칼 가르나드는 씁쓸한 표정을 지었다.

"신과 싸우는데 살기 위해 신의 힘을 빌려야 하다니……. 꼴이 우습게 되었군."

"대장과 달리 우리의 싸움은 우두머리가 누구냐의 문제가 아니니까요. 저쪽이 가위를 내면 우리는 주먹을 내야 하는 일종의 상성 게임이거든요."

최혁수는 지도를 살피면서 말했다.

"이길 수 있는 수단은 가리지 않고 모두 써먹어야죠."

그 순간, 그의 눈동자가 빛났다.

＊

정민지는 자신의 앞에 서 있는 용족들을 바라보며 말했다.

"얼마나 살아남았지?"

"저희 흑용족을 포함하여 염용, 황철용 등…… 부상자를 제외하고 싸울 수 있는 전사는 약 700명 정도입니다."

사람처럼 두 발로 서 있으나 검은 비늘로 뒤덮인 용의 얼굴을 한 흑용족의 족장 넵시쿤은 담담한 목소리로 말했다. 하지만 신류대전이 시작된 이후 가장 많은 피해를 입은 종족이 바로 용족이었다.

"너희도 알다시피 드래곤의 피를 물려받은 우리들은 마를 토벌하는 능력이 있다."

"……."

그녀는 언덕 아래를 바라봤다.

"아마도 세븐 쓰론에 있는 종족 중에 저 녀석들에게 가장 큰 타격을 줄 수 있는 것도 우리겠지."

"옳습니다. 드래곤의 피는 정화의 힘을 가지고 있으니까요. 마족뿐만 아니라 언데드에게도 효과가 있습니다."

그의 말에 정민지가 고개를 끄덕였다.

"눈앞에 보이는 언데드의 수는 대충 가늠해도 5천 이상 될 거다. 우리가 있는 곳은 첫 번째 몬스터 웨이브가 있었던 격전지니까."

넵시쿤은 그녀가 무슨 말을 하고자 하는지 쉽게 알아차렸다.

"검은 이빨 부족의 보고에 의하면 신에 의해 부활한 언데드는 기본 능력 이외에 인간이었을 당시의 힘을 가지고 있다고 합니다."

그러고는 아무렇지 않은 듯 담담한 표정으로 말했다.

"반대로 말한다면 약한 지역에서 일찍 죽은 자들은 부활해도 결국 약할 뿐이겠지요."

그는 나지막한 목소리로 정민지를 향해 말했다.

"사냥을 해도 괜찮습니까."

그 순간, 그의 눈빛이 변했다. 정민지는 오랜만에 날카로운 살기를 그에게서 느꼈다. 마치 그를 처음 봤을 때 같았다.

세븐 쓰론에 살던 토착인들 중 용족은 외지인인 자신들에게 가장 적대적이었다. 그녀가 그들을 통합하기까지, 나르 디 마우그의 힘과 함께 압도적인 능력을 보이지 않았더라면 결코 불가능했을 것이다.

"야생의 본성을 다시 깨울 시간이다."

다섯 용족이 정민지를 여왕으로 인정하고 하나로 뭉치며 이빨을 숨겼지만 그들은 세븐 쓰론에서 가장 호전적인 종족이었다.

"언데드 사냥을 시작한다."

[크아아아아아아———!!!]]

그 순간, 마치 드래곤이 나타난 것처럼 거대한 포효가 대륙을 가로질렀다.

그 어떤 용족보다 드래곤의 피를 가장 짙게 물려받았다고 전해지는 흑용족. 그들의 모습은 마치, 태초의 용 나르 디 마우그에게 패배했으나 그와 필적한 힘을 가진 존재, 블랙 드래곤 리바이안의 재림 같았다.

"시작한다."

윤선미는 얼굴을 가린 로브를 풀어 헤치면서 말했다. 그녀의 뒤에 서 있는 500명의 마법사가 일제히 고개를 끄덕였다.

손에 들린 폴세티아를 꽉 잡으면서 그녀는 생각했다.

'여차하면……'

너무 강력한 힘은 오히려 독이 된다.

무열이 윤선미에게 폴세티아를 넘긴 이유는 그 힘을 쓰는 것이 아닌 여명회와 불멸회의 마법사들을 그녀의 발아래 둘 수 있도록 명분을 만들기 위함이었다.

하지만 재해의 메뚜기 떼처럼 쏟아지는 언데드들을 바라보며 어쩌면 그녀는 그 힘을 써야 할지도 모른다는 생각이 들었다.

'설령 사람들이 휩쓸린다 하더라도…… 더 많은 사람을 살리기 위해선……'

하지만 그런 결정을 하는 것은 결코 쉬운 일이 아니었다. 윤선미는 다시 한번 고개를 저었다. 이런 선택을 항상 해오던 것이 바로 자신들을 위해 저 탑에서 싸우고 있을 강무열이었으니까.

'이곳의 싸움은 우리 스스로.'

그때였다.

-누나!!

그녀의 귀에 들려오는 다급한 목소리.

"혁수?"

윤선미는 고개를 갸웃거리며 그의 이름을 불렀다.

−지금 당장 마법부대를 제 말에 따라 움직여 주세요.

하긴, 이런 것을 걱정할 필요 없었다. 선택과 싸우는 또 한 명이 있었으니까.

그녀는 최혁수의 말에 고개를 끄덕였다.

"알겠지? 포스나인의 강물을 막고 있는 둑을 터뜨리는 거야."

"제길……!!"

최은별이 언데드의 목에 비수를 내리꽂았다. 교단의 성수가 발려진 비수는 언데드에 닿자마자 새하얀 연기를 뿜어내며 타들어 갔다.

성도 위그에서부터 최혁수의 명령을 받아 달려온 그녀는 베어도 베어도 끝이 나지 않는 언데드들을 바라보며 자신도 모르게 소리쳤다.

"그 빌어먹을 녀석!! 나한테 이런 거나 시키고!! 몇 번이나 말해! 나는 전투 요원이 아니라고!"

[크르르르르……!!]

바닥에 떨어진 머리는 잘려 나갔음에도 불구하고 입을 벌리며 그녀를 쫓아가려고 했다. 그녀는 그런 광경에 이를 꽉 깨물며 있는 힘껏 바닥을 구르는 머리를 발로 차버렸다.

'저긴가.'

욕지거리를 내뱉으면서도 그녀는 최혁수가 말한 포스나인의 둑을 바라봤다. 그녀는 자신의 품 안에 있는 성수를 꽉 쥐었다.

'떨어뜨리면 끝이야. 교단의 모든 사제가 광휘력을 응축해서 만든 거니까.'

최혁수가 그녀를 선택한 이유는 간단하다. 오직 운반업자만이 옮길 수 있는 귀한 아이템이었기 때문이다.

'앞으로…… 500미터.'

얼마 남지 않았다.

"으악!!"

그때였다. 갑자기 누군가 그녀의 발을 뒤에서 강하게 잡아당겼다. 그 바람에 그녀가 그대로 고꾸라졌다.

콰앙---!!!

둔탁한 소리와 함께 충격을 못 이기고 그만 들고 있던 비수를 떨어뜨렸다.

"크윽?!"

황급히 뒤를 돌아보자 머리가 잘리고 남은 언데드의 몸뚱아리가 아직 죽지 않고 바둥거리며 그녀의 두 다리를 잡고 있었던 것이다.

"빌어먹을!!"

그녀는 넘어진 채로 있는 힘껏 언데드의 어깨를 발로 내려 쳤다. 한쪽 어깨가 부서졌음에도 녀석은 다리를 잡은 손을 놓지 않았다.

"아아악!!"

"으악!!"

사방에서 들려오는 비명.

그녀를 호위하던 병사들이 쏟아지는 언데드들의 물결에 하나둘 붙잡히고 말았다.

'안 돼!!'

최은별은 눈앞에 있는 강을 막고 있는 둑을 하염없이 바라봤다. 저것을 무너뜨려야 한다. 간신히 발치까지 도달한 이곳에서 그녀는 있는 힘껏 손을 뻗었지만 닿을 수 없었다.

"으아아아아---!!"

그녀는 분노에 찬 목소리로 소리쳤다. 그러나 그럴수록 오히려 언데드들이 그녀를 에워쌀 뿐이었다.

"크윽?!"

샌드위치처럼 하나둘 엉기기 시작하는 언데드들은 그녀의 어깨를 물어뜯고 다리를 잡아당겼다. 수십 마리가 들러붙고 더 이상 고개도 돌리기 어려운 상황이 되었을 때, 그녀를 호위하던 병사들의 비명조차 들리지 않았다.

모두 죽은 걸까. 그리고 설마 자신 역시……

"이 씨발……!! X 같은!!

그때였다. 저 멀리서 들려오는 욕지거리.

갑자기 부웅 하고 언데드들이 튕겨 나가기 시작했다.

"여기야?! 여기냐구!!"

처음 보는 남자의 등장에 최은별은 당황한 듯한 표정으로 그를 올려다봤다.

엄청난 덩치의 남자는 마치 언데드들을 장난감 다루듯 사정없이 뭉개 버렸다.

"정신감응인가 하는 거 별로 유용하지도 않은 거 같은데."

"내 동생이 하는 말이다. 여기가 확실해."

"그래, 그런 것 같군."

검은 로브를 입고 있는 남자가 천천히 고개를 내렸다. 쓰러져 있던 최은별과 눈이 마주치자 그는 담담한 목소리로 말했다.

'뭐…… 뭐야?'

그녀는 그의 차가운 눈빛에 지금 상황도 잊은 채 당황한 듯 가볍게 어깨를 떨었다.

그의 손에는 특이한 책 한 권이 들려 있었다. 최은별은 해적의 고유 스킬인 유물 감정안(遺物鑑定眼)을 발동시켰다. 그녀의 오른쪽 눈빛이 일순간 푸른색으로 변했다.

"……!!!"

[사령제어서(死靈制御書)]

등급 : SS급(유니크)

분류 : 책

내구 : 100

사용 효과 : 사용자의 의지에 따라 죽은 자의 영혼을 제어할 수 있다. 자신의 명령을 따르게 할 수도 있으며 완전히 소멸시킬 수도 있고 반대로 육체에 집어넣을 수 있다.

−대륙 최초의 네크로맨서인 웰 바하르의 애제자 중 한 명인 발레니스가 그의 시체 제어술보다 한 단계 발전된 제어술을 만들기 위해 창조한 술법. 시체 제어술보다 터득하기 어렵지만 제대로 사용하게 된다면 시체가 훼손된 언데드까지도 다룰 수 있다.

'SS급? 저자 정체가 뭐지?'

같은 유니크라 하더라도 등급이 높다면 그 희소가치 역시 올라간다. 특히 S급 이상부터는 거의 대륙에서 같은 것을 찾을 수 없을 정도였으니까. 그리고 현재 대부분의 SS급 아이템은 강무열의 권세에 있는 사람들이 가지고 있다.

최은별은 그가 들고 있는 아이템 하나만으로 그가 강자라는 것을 알 수 있었다.

[크륵…… 크르륵…….]

최은별을 짓누르고 있던 언데드들이 갑자기 그녀를 공격하던 것을 멈추었다. 그러고는 명령을 받은 것처럼 서서히 뒤로 물러서기 시작했다.

"저걸 부수면 되는 거야?"

그녀의 앞에 선 김인호가 지친 기색이 역력한 목소리로 말했다.

"……에?"

"저걸 부수면 되는 거냐고."

그러고는 최은별의 대답도 듣지 않고 김인호는 어느새 자신들을 둘러싸고 있는 언데드들을 향해 말했다.

"잘 들었지? 살아서 쓰레기 같은 짓만 했으니 적어도 죽어서는 도움이 되는 일을 한번 해라."

"……!!"

최은별은 주위의 언데드들이 공격을 하지 않고 가만히 그의 말을 듣고 있다는 것에 놀라지 않을 수 없었다.

[크…… 크륵…….]

"진짜 맘에 안 드는 짓이지만……."

그는 자신의 엄지손가락을 깨물어 책 페이지에 도장을 찍듯 꾹 눌렀다. 그러자 그의 피를 머금은 사령서가 빛을 뿜어내기 시작했다.

[크르르르르르르르---!!!]

그때였다. 김인호의 제어술로 인해 쏟아지듯 거점을 공격하던 언데드들이 방향을 틀어 포스나인의 둑을 향해 자신의 몸을 내던지기 시작했다.

"이게 무슨……."

타락을 연구하던 불멸회의 마법사들조차 언데드들을 어떻게 할 수 없었다. 그런데 지금 신의 제어조차 벗어나 그의 명령을 따르는 언데드들을 바라보며 최은별은 넋을 잃은 듯 명한 표정으로 그 믿을 수 없는 광경을 바라봤다.

"신? 좆 까라 그래."

김인호는 하늘을 향해 이를 갈며 소리쳤다.

"이딴 건 인간도 할 수 있다."

콰아아아아앙---!!!!

강물의 둑이 파괴되었다. 막았던 물이 쏟아지자 엄청난 기세로 물이 불어나 조금 전 둑 안으로 들어갔던 언데들이 휩쓸려 쏟아졌다.

"비, 비켜!!"

그 순간, 최은별을 그것을 놓치지 않고 자신의 유물을 발동시켰다. 그녀의 머리 위로 푸른 문이 생성되면서 그와 동시에 황급히 품 안에 있던 성수를 있는 힘껏 깨뜨려 차원문 안으로 밀어 넣었다. 그러자 강물이 성수를 머금고 새하얀 빛을 뿜어내며 그 안으로 흡수되어 들어가기 시작했다.

"크윽……!"

차원문이 전역에 생성되면서 포스나인의 강물이 대륙을 강타한 언데드들 위로 쏟아지기 시작했다.

―39거점 차원문 확인!!

―북부 왕국군 머리 위로 차원문 생성 완료!!

―강물에 닿은 언데드들이 녹아내리기 시작했습니다!

순식간에 거점을 공격하던 그들이 강물의 힘을 이기지 못하고 밀려났다. 그와 동시에 성수의 힘에 의해 녀석들이 새하얀 연기를 뿜어내며 타들어 갔다.

김인호 역시 그런 그녀를 보며 조금 전 최은별이 지었던 놀란 표정을 감출 수 없었다.

"너도 보통내기는 아니군."

그의 말에 지기 싫어하는 최은별이 콧방귀를 뀌며 대답했다.

"이 정돈 별거 아냐. 우리가 그의 발목을 잡을 순 없으니까."

99장
신류대전(2)

"사자(死者)의 절망도 인간에게는 그다지 소용이 없나 보군."

무열은 성수로 뒤덮인 대륙을 바라보며 나지막한 목소리로 말했다. 하지만 락슈무는 그의 말에 아랑곳하지 않고 있는 힘껏 팔을 휘저었다.

콰아앙———!!!

날카로운 외침이 들렸다.

"그래? 하지만 그들에게 절망을 주는 법은 많지. 목숨에도 무게가 있는 법. 너의 죽음까지 과연 저들이 이겨낼 수 있을까?"

"말이 많군."

차분한 말투와 달리 무열의 모습은 엉망진창이었다. 피투성이가 된 온몸에 붕대를 감고 있었지만 그가 서 있는 사원은 마치 청소기처럼 마력을 빠르게 빨아들여 금세 회복 효과를 사라지게 만들었다.

[이봐, 괜찮냐.]

[마력을 갈무리해라. 나머지 힘은 우리가 지탱해 줄 테니까.]

[너는 지금 저 상태에서 그게 가당키나 할 것 같아?]

그의 머릿속에서 정령들의 말이 연달아 들렸다.

우득…… 우드득…….

무열은 그들의 말을 무시한 채 검을 쥔 손에 힘을 주었다. 그의 팔에 힘줄이 터질 듯 부풀어 올랐다.

[더 이상은 위험해!!]

"조금 더."

[그러다 네가 먼저 죽는다.]

쿤겐은 무열을 향해 무언가 말을 하려다가 멈추었다. 애초에 말도 안 되는 상황이었다.

[내 힘을 너의 생명을 유지하는 데 써라. 이들 중에 가장 오랫동안 네 몸을 유지시킬 수 있을 거다.]

막튠이 나지막하게 말했다. 대지의 힘을 가진 그는 패도적인 다른 정령들과 달리 약간의 회복 능력을 가지고 있었다.

"잔소리할 시간 있으면 너도 내게 힘을 보태. 이미 현신의 망토는 끝났으니까."

[……]

락슈무는 그런 무열을 바라보며 낮은 한숨을 내쉬었다.

"이모탈 러너(Immortal Runner)? 내가 산정한 곳 어디에도 없는 직업이라……. 정령왕들의 목숨과 너의 생명이 연결되어 가까스로 널 살리고 있구나. 하지만 그뿐. 승자는 결국 상대에게 검을 내려칠 수 있어야 하는 법이다."

그녀의 공격은 실로 단순했다. 절대적인 힘 앞에서 그 어떤 기교도 무의미했다.

팔을 들어 올린다.

쉬익-!!

락슈무의 팔이 허공을 한 번 가르자 마치 얼음이 깨진 것처럼 그녀의 등 뒤로 수많은 구슬 파편이 나타났다.

스으앙……!! 스아아아앙……!!

빛무리의 형태가 타원으로 길어지며 비수처럼 일제히 무열을 향해 쏟아졌다.

빠득-

그가 이를 꽉 물며 있는 힘껏 뛰어올랐다.

카앙!! 캉! 캉! 캉!

빛무리가 검에 닿을 때마다 쇠가 부딪치는 소리가 들렸다.

검격의 소나기를 뚫고 무열이 앞으로 나아갔다. 검 살해자의 날에 정령왕들의 힘이 뒤섞여 오묘한 빛을 띠었다.

'일격.'

무열은 자신이 아무리 스킬을 창조할 수 있다 하더라도 그녀의 앞에선 무의미하다는 것을 알았다. 결국 모든 스킬은 그녀가 산정해 놓은 규율 아래에 있었기 때문이다. 그렇기에 트로비욘과 싸울 때처럼 온전히 자신의 힘만으로 그녀를 압도해야 한다.

락슈무는 달려오는 그를 바라보며 냉소를 지었다.

"눈동자에 너무 마음이 보이는군."

그녀는 무열이 자신의 원천인 디멘션 스파이럴을 부수려는 것을 잘 알고 있다. 물론 그것이 파괴되면 위험하겠지만 목표가 확실한 만큼 방어도 용이했다.

제한된 힘은 결국 고갈되게 마련. 하지만 자신은 무한에 가까운 힘을 가지고 있었다. 단 하나의 약점만을 가지고 있는 자신과 달리 눈앞의 인간은 모든 것이 약점이었으니까.

"안타깝구나. 널 도와줄 사람은 아무도 없다."

락슈무는 그렇게 말하면서 이미 자신의 승리를 확신하고 즐거운 듯 입술을 씰룩거렸다.

"인간은 결국 홀로 태어나 홀로 사라지는 법이니 너무 원통해하지는 말거라."

콰앙—!!

거리가 순식간에 좁혀졌다. 자신에게 달려오는 무열을 향해 오히려 그녀가 몸을 날렸다.

솨아아악……!!

수십 개의 빛무리가 호를 그리더니 무열을 감싸며 뒤를 노렸다.

카득…… 카드드득…….

섬 살해사가 부러질 듯 휘어졌다.

"컥!!"

락슈무가 빛무리에 휩싸인 무열의 머리를 잡아 있는 힘껏 바닥에 내리꽂았다. 바닥에 쓰러진 무열이 자신을 밟으려는 그녀의 발을 검으로 가까스로 막으며 말했다.

"과연 그럴까?"

너덜너덜해진 모습과 달리 여전히 표정 하나 변하지 않은 무열을 바라보며 락슈무의 얼굴이 구겨졌다.

재미없다. 이토록 재미없는 유희는 처음이었다. 절망에 절망을 거듭하면서 망가져 가는 인간들의 모습을 보는 것이 그녀의 유일한 낙이었으니까.

"어리석은 녀석. 신의 사원을 열 수 있는 존재는 오직 신뿐이다. 너 역시 내가 허락하지 않았다면 들어오지 못했을 터."

"그래."

무열은 그녀의 말에 나지막하게 웃었다.

"바로 그거지. 오직 신만이 열 수 있다는 조건. 완전 무결한 절대 조건처럼 보이지만 그거야말로 가장 큰 맹점이다."

콰아아앙———!!!

무열이 있는 힘껏 검 살해자를 그었다. 그러자 락슈무의 몸이 들썩거리며 뒤로 밀렸다. 그녀는 놀란 표정으로 그를 내려다봤다.

'아직도 이런 힘이 남아 있나?'

그런 생각이 들자 그녀는 더욱더 인상을 구기며 소리쳤다.

"죽어!"

그때였다. 락슈무의 등 뒤에서 공간이 일그러지기 시작했다.

"⋯⋯?!"

황급히 그녀가 고개를 돌렸다. 자신 이외에 사원을 오갈 수 있는 존재.

"설마⋯⋯."

차원문을 통과해 한쪽 다리가 먼저 천천히 모습을 드러냈다.

툭―

바닥에 발이 닿는 순간.

"웃챠."

마치 고급스러운 파티에 초대받은 귀족처럼 옷매무새를 조심히 하며.

"어머니."

들어온 사람은 다름 아닌 디아고였다. 그는 예의 바르게 락슈무를 향해 고개를 숙이며 인사했다. 락슈무의 일그러졌던 표정이 다시 딱딱하게 굳어졌다. 약간의 혼란은 있을지언정 그녀는 이 정도로 흔들리지 않았다.

"결국 네가 기다린 게 저 녀석이냐. 어리석은 녀석, 반신과 신의 규율을 모를 리가 없을 텐데."

그녀는 무열을 바라보며 비웃었다. 이미 그녀는 디아고가 자신에게 반기를 들 것이라는 것을 알고 있었으니까.

자율 의지(自律意志).

원래대로라면 자신을 제외한 반신(半神)에게는 불필요한 요소였다. 왜냐면 그것이야말로 진짜 신이 될 수 있게 만드는 조건이었기 때문이다.

"디아고, 우둔한 인간은 그렇다 쳐도 너는 좀 더 똑똑한 녀석일 것이라고 생각했는데. 하긴…… 선택지가 없었으니까."

신과 정령왕을 비롯하여 차원을 관장하는 존재는 모두 균열에서 태어난다.

태초에서부터 억겁의 시간 동안 그들과 같은 존재는 단 한 명이 아니었다. 수많은 존재 중에 아주 특별하게 자신의 의지를 표출하고 생각할 수 있는 자들이 만들어진다. 그것이 바로 '자율 의지'라 불리는 힘이며 그 힘으로 인하여 스스로 존재할 수 있고, 이따금 새로운 존재가 기존에 있는 존재를 이기고 그 자리를 차지하게 된다.

정령왕들이 락슈무에게 반기를 든 것도 이와 같은 이치이며 락슈무가 인간들과 권좌 전쟁을 벌인 것 역시 그녀가 태어난 과정에서 습득한 본능에서 나오는 유희였다.

"그 선택지를 만든 것 역시 나이니까. 네가 나타나서 무엇을 할 수 있지?"

락슈무는 디아고를 향해 말했다.

"네가 아무리 자율 의지를 가지고 태어난 존재라 하더라도 신이 만든 규율을 어길 순 없다."

그녀는 날카롭게 웃었다.

"나 역시 그렇게 태어났고 이 자리에 올랐으니 내 등에 칼을 꽂을 수 있는 법을 그냥 뒀을 것 같으냐."

[반신(半神)은 절대로 자신을 태어나게 해준 주신에게 거역할 수 없다.]

순간, 고막이 찢어질 것같이 날카로운 목소리가 두 사람에게 울렸다.

"큭?!"

"……."

무열은 귀를 부여잡고 비틀거렸고 디아고 역시 두 눈을 감았다. 하지만 그는 그녀의 목소리를 마치 음악을 듣는 것처럼 즐기며 말했다.

"어머니, 기억하십니까. 저를 인간에게 처음 내려보내셨을 때를 말입니다. 저는 뱀입니다. 인간과 가장 닮은 존재."

저벅- 저벅- 저벅.

"사실 저는 어머니께서 지어주신 이름보다 인간들이 절 불렀던 이름이 더 좋습니다."

디아고는 흔들리는 사원을 가볍게 걸어 그녀의 앞에 도달했다.

"사마에르."

그의 두 눈동자가 마치 뱀의 것처럼 황금빛으로 가늘게 변했다.

"어머니의 말씀대로 저는 절대로 당신을 거역할 수 없죠. 제가 하는 일은 그저 파렐의 문을 여는 것뿐이었습니다. 그건 당신이 만든 규율에 어긋나는 일도 아니죠."

"……뭐?"

락슈무는 그제야 보통 때라면 디아고가 사원 안으로 들어온 뒤 사라졌어야 할 차원문이 여전히 그 형태를 유지하고 있다는 것을 알아차렸다.

"대륙에 있는 인간들을 이곳으로 보내려고 하는 것이냐. 어리석은……!! 제아무리 많은 수가 밀려온다 하더라도 개미는 그저 허무하게 밟힐 존재일 뿐이다."

"그렇겠죠."

디아고는 락슈무를 향해 웃었다. 그는 그녀의 말에 동의했다.

"보통의 인간이라면."

그리고 다시 부정했다.

콰아아아앙———!!!

그때였다. 그의 등 뒤에서 요란한 폭음이 터져 나왔다.

"……?!"

락슈무는 예상치 못한 상황에 당황한 듯 고개를 들었다. 그 순간 검은 비수가 그녀를 향해 날아들었다. 황급히 두 팔을 들어 그 검을 막았다.

콰드드드드그……!!!

강렬한 힘에 그녀가 뒤로 주르륵 밀려났다.

"넌……."

오히려 공격을 당한 락슈무보다 무열이 그의 등장에 놀란 얼굴로 바라봤다.

"카토 치츠카?"

지친 기색이 역력한 그는 거친 숨을 몰아쉬며 무열을 향해 가볍게 손을 들었다.

"나름 회심의 일격이었는데 조금 얕았나 보네. 유우나의 린화(燐火)를 빌린 것인데."

카토 치츠카는 자신의 손등에 있던 푸른 불꽃을 끄면서 말했다.

"어떻게……."

"그동안 너만 3차 전직을 한 게 아니거든."

그는 무열을 향해 말했다.

"하지만 다른 이의 능력을 먹을 순 있어도 신의 힘은 불가능한가 봐. 꽤나 머리를 굴리시 니온 계획인데 말이지."

그가 카토 유우나의 힘을 쓰고 있다. 전혀 다른 성질임에도 불구하고 다른 이의 능력을 그대로 흡수할 수 있는 직업은 단 하나뿐이었다.

"히든 이터(Hidden Eater)."

무열은 카토 치츠카를 바라보며 자신도 모르게 잊고 있었던 그 이름을 읊조렸다.

"그래서 고민했지. 신에게 타격을 주기 위해선 신의 힘을 쓰는 것만큼 유효한 것도 없거든."

그는 무열을 바라봤다.

"정령왕들과 직접 계약을 했다며. 그럼 그 망토는 필요 없겠지."

"······!!"

무열은 그의 말에 눈을 동그랗게 떴다. 그가 생각하는 것이 무엇인지 단번에 알 수 있었기 때문이다.

"그 망토, 내게 줘."

카토 치츠카가 그에게 손을 뻗었다.

"주인이 바뀌면 사용한 아이템도 다시 리셋되지."

그는 현신의 망토를 두르며 말했다.

[현신(現神)의 망토가 발동되었습니다.]

순간, 카토 치츠카의 주위로 타락의 기운이 솟구쳐 오르기 시작했다. 마치 먹물을 흩뿌린 것처럼 그의 그림자가 점차 커지더니 사원 전체를 뒤덮기 시작했다.

[지속 시간 : 3분]

"반신은 결코 신에게 반기를 들 수 없다. 오직 인간만이 신에게 반기를 들 수 있지. 생각을 뒤집으면 돼."
디아고는 그의 그림자 속으로 스며들 듯 서서히 사라졌다.

[반역(叛逆)의 신, 디아고의 힘이 당신을 통해 재래(在來)합니다.]

그와 동시에 카토 치츠카의 입꼬리 안쪽으로 전에 없던 날카로운 송곳니 보였다.
"독은 독으로."
마치 디아고의 형상이 그를 통해 나타나는 것 같았다.
"네…… 놈들이."

락슈무는 자신이 만든 무구가 이런 식으로 사용될 것이라고는 생각지도 못했다. 이것이 강무열에게도 숨겨왔던 카토 치츠카가 생각한 한 수.

전율이 느껴졌다.

"시간 없어. 앞장서라."

반신의 힘과 타락의 힘이 동시에 섞여 닿을 수도 없을 만큼 지독한 기운을 뿜어내고 있었다. 신을 찌를 수 있는 독은 그의 육체마저 탐하려는 듯 보였다.

"지긋지긋한 이 짓의."

카토 치츠카는 무열을 향해 말했다.

"마무리를 짓자."

"이봐, 괜찮아?"

"그럭저럭."

"인간치곤 체력이 좋은걸. 종족 전쟁 때 못 봤던 것 같은데 좀 더 자네가 싸우는 걸 봤으면 재밌었을 텐데 말이야."

바닥에 주저앉아 호흡을 가다듬는 필립 로엔을 바라보며 칼룬 뮤르가 가볍게 웃었다.

"하긴, 자네나 나나 서로 우열을 가려봐야 의미가 없지. 대단한 건 따로 있으니까."

그는 엔더러스를 살피면서 말했다. 그가 고개를 들자 따라 하는 것처럼 엔더러스 역시 고개를 들어 하늘을 바라봤다.

"갑자기 하늘에서 물이 쏟아지더니 순식간에 언데드들을 잠재웠군. 성력이 담긴 강물이라니, 도대체 이런 발상은 누가 한 거야?"

죽은 자들이 부활했을 때만 하더라도 그는 모든 게 끝났다고 생각했었다. 들려오는 보고에 의하면 자신의 형제, 트로비욘의 사체마저 부활했었다고 했으니 말이다.

"인간이기에 가능한 일이겠지."

"클클……."

칼룬은 필립 로엔의 말에 고개를 끄덕였다. 그러고는 너부러져 있는 사체들을 바라보며 낮은 한숨을 내쉬었다. 대부분 인간이었지만 그들 안에는 마족과 악마족을 포함해서 드워프까지 있었다.

"명예롭게 죽은 전사들을 욕보이다니. 신은 자신의 피조물에게 정말 아무런 관심도 없는 건가."

그는 화를 참을 수 없는 듯 몸을 부르르 떨었다.

"글쎄, 그랬다면 애초에 우리가 싸울 이유가 없었겠지."

불필요한 관심. 인간을 인간으로 보지 않고 가지고 노는 장난감으로 보는 관심이 있었기에 이런 일이 벌어진 것이다.

칼룬은 그의 말에 씁쓸하게 웃었다.

"그렇기 때문에 저곳에서 모든 게 결정 나겠지."

"그래."

그는 필립 로엔의 말에 고개를 끄덕였다. 살아남았음에도 불구하고 여전히 감도는 전운은 그들의 마음을 무겁게 만들었다.

짝―

그런 분위기를 환기시키기 위함일까. 칼룬은 두꺼운 손바닥으로 박수를 치고는 말했다.

"거점으로 집결한다지? 어디로 가면 되지?"

"어디로 갈 필요 없다. 트라멜로 모두가 모일 테니까."

"그래?"

필립 로엔의 말에 칼룬이 엔더러스의 위에 올라타며 말했다.

"그렇다면 손님을 맞이할 준비를 해야겠지."

"……?"

엔더러스가 거대한 손바닥을 펼치며 필립 로엔의 앞에 멈춰 섰다.

"이제 우리가 할 수 있는 일은 기다리는 것뿐이니까. 이렇게 된 거 마지막까지 함께하자고. 우린 동료지 않은가."

자신이 내뱉고도 쑥스러운 듯 자신의 턱수염을 쓰윽 문질렀다.

"여기가 강무열의 권세가 시작된 곳이라는 말은 들었다. 그렇다면 이런 폐허에서 사람들을 기다리는 건 좀 아니지 않아?"

"무슨 말을 하고 싶은 거지?"

"엉덩이를 비비고 앉을 만한 장소는 만들어야겠지. 집이란 그런 거니까. 마침 유능한 일꾼도 잔뜩 있고 말이야."

칼룬은 엔더러스의 뒤에 있는 골렘들을 가리키며 말했다.

필립 로엔은 그의 말에 피식 웃었다.

"손님들 중엔 엘프도 있을 텐데."

"……."

칼룬은 그의 장난에 살짝 인상을 찡그리면서도 별일 아니라는 듯 골렘을 몰았다.

"이제 와서 그게 무슨 소용이겠어. 안 그래?"

그는 엔더러스로 부서진 성벽의 잔해를 옆으로 치우며 말했다.

"하긴……."

골렘들이 부상당한 병사들을 옮기기 시작했다.

"당신 말대로 이제 와서 구분을 짓는 게 무슨 의미겠어."

동료(同僚).

확실히 낯부끄러운 말이었지만 필립 로엔은 칼룬의 말을 되뇌었다.

"고생하셨습니다."

그는 고개를 돌렸다. 테일러가 자신과 마찬가지로 엉망이 된 모습으로 서 있었다. 그제야 그는 실감할 수 있었다.

"이제 정말 끝이군."

필립 로엔은 오랜 시간을 함께해 온 자신의 집사를 향해 웃었다.

"테일러, 당신과 함께 이곳에 넘어온 게 정말 다행이야."

집사는 어리게만 봤던 도련님이 너무나 많이 성장했다는 것을 느낄 수 있었다. 끔찍했던 이곳에서도 얻은 것들이 있었다.

"그래, 손님 맞을 준비를 하자."

필립 로엔은 자리를 털고 일어나서는 흑참을 잡으며 말했다.

"강무열이 올 테니까."

✦

"정말로 해버릴 줄이야."

퓌톤은 상공을 날며 그의 옆에 있던 에누마 엘라시에게 말했다.

"당신이라면 어떻게 했을 것 같아?"

"뭐가?"

"종족 전쟁의 끝이 결국 모든 종족의 종말이라는 것을 알았을 때 말이야. 과연 신에게 반기를 들 수 있을까?"

레드 드래곤의 화염을 머금은 붉은 숨결이 마치 한숨처럼 바람을 타고 뿌려졌다.

"글쎄."

드래곤의 수장인 에누마 엘라시는 퓌톤의 물음에 대답을 하는 것이 조심스러웠다.

[…….]

그도 그럴 것이 제아무리 그가 수장이라 하더라도 세 마리의 드래곤 앞에 날고 있는 거대한 본 드래곤의 눈치를 살필 수밖에 없었기 때문이다.

'드래곤이 멸종의 위기에 처한 것도 어쩌면 그 때문일지 모른다.'

정령(精靈), 드래곤(Dragon), 요정(Fairy), 거인(巨人)…….

확실히 과거에 존재했던 종족 중에 더 이상 찾을 수 없는 자들이 있다.

종적을 감춘 것일지도, 아니면 정말 사라진 것일지도 모르는 그들을 떠올리며 에누마 엘라시는 인간이 세븐 쓰론에 징집이 되었던 것처럼 이들도 결국 종족 전쟁에 휩쓸렸던 것은 아닐까 하는 의문이 들었다.

'신에게 반기를 들었던 정령과 드래곤.'

신령대전(神靈大戰).

과거에도 이와 같은 일이 있었다. 하지만 그 당시 어린 헤슬링에 불과했던 에누마 엘라시는 드래곤의 수장이었던 나르디 마우그가 단순히 신의 힘에 도전하기 위해 무모한 전쟁을 시작했다고 생각했다. 그리고 그 전쟁에서 많은 드래곤이 희생당했다. 에누마 엘라시는 자신이 수장에 올랐을 때, 다시는 그런 끔찍하고 어리석은 짓을 하지 않겠다고 다짐했다.

어른들의 사정을 알 수 없는 것처럼, 에누마 엘라시는 그때의 전쟁에 자신이 몰랐던 뒷이야기가 있었던 게 아닐까 생각했다. 나르 디 마우그가 신과의 전쟁을 벌인 이유가 드래곤의 멸망을 가져다준 것이라 할지라도 사실은 자신들을 살리기 위함이었다는 걸.

그리고 지금…… 보잘것없다고 여겼던 인간이 과거에 그들이 벌였던 전쟁을 다시 시작하고 있었다.

하지만 전쟁의 이름은 달랐다.

신류대전(神類大戰).

비단, 인간뿐만 아니라 다른 모든 종족이 함께하고 있는 지금은 그때와 다른 결과가 생길지도 모른다는 기대가 들었다.

'미래를 인간에게 맡기게 될 줄이야.'

그는 저 멀리 보이는 탑을 바라보며 생각했다. 에누마 엘라시는 상상도 하지 못했던 지금 상황에 낮은 웃음을 지었다.

[보아라.]

그 순간 나르 디 마우그의 목소리가 울리자 세 마리의 드래곤은 자신도 모르게 움찔거리며 그의 말에 집중했다.

스아아아악……!!

그들의 뒤를 비룡들이 따르기 시작했다. 거점 상점에서 길들일 수 있는 드레이크가 아닌 순수하게 대륙에 살고 있던 녀석들이었다.

[…….]

나르 디 마우그는 그 모습에 마치 과거로 돌아온 듯한 기분이 들었다.

[에누마 엘라시.]

"예."

그는 천천히 날개를 접으며 속도를 올렸다. 에누마 엘라시 역시 속도를 높이자 나머지 두 마리의 드래곤과 거리가 벌어졌다.

과거의 수장이 현재의 수장에게 하고자 하는 말. 퓌톤과 크루아흐는 나르 디 마우그의 의중을 알아차리고는 반대로 날개를 활짝 펴면서 천천히 활공하기 시작했다.

[나는 비록 실패했으나 너희들은 아직 시작할 수 있다.]

"그런 말씀 하지 마십시오."

에누마 엘라시는 그렇게 말하면서도 씁쓸한 마음을 감추지 못했다. 육체는 이미 사라진 지 오래였고 영체만 남아 있었던 그가 다시 한번 본 드래곤으로 태어나면서 드래곤의 수장으로서 꿔왔을 고통은 상상도 할 수 없었다.

[나는 잘못된 길을 선택했었다. 인간을 이용한 대가로 이 정도면 가벼운 벌일지 모르지.]

그의 마음을 읽은 걸까. 나르 디 마우그는 에누마 엘라시가 말하기 전에 먼저 말을 꺼냈다.

[지금부터 너는 미래를 준비해야 한다. 남아 있는 자는 남아 있기에 해야 할 것들이 있으니까.]

"강무열이 성공하리라고 보십니까?"

에누마 엘라시는 차마 '당신도 실패한 일을……'이라는 말을 입에 담지 못했다. 그만큼 어렵고 위험한 일이었으니까.

[물론.]

하지만 놀랍게도 나르 디 마우그는 그의 성공을 확신했다.

[약속의 땅으로 가거라. 그곳을 다시 드래곤의 성지로 만들어라.]

그리고 그 성공과 함께 그는 자신의 생명 역시 얼마 남지 않았음을 직감했다.

언젠가 무열이 자신의 세계로 돌아가게 된다면 자연스럽게 계약도 해지될 것이다. 계약자가 사라진 소환체는 생명이 있지 않은 한 결국 소멸하게 된다. 나르 디 마우그는 지금 이 순간이 어쩌면 자신이 해야 할 일을 마무리하기 위해 주어진 시간이라 여겼다.

[그리하여 다시 대륙에서 가장 고귀하고 가장 뛰어난 존재로서 역사에 남아라.]

그는 에누마 엘라시를 향해 말했다.

[그것이 우리 드래곤의 시작이다.]

몇몇 사람은 손을 맞잡고 기도를 하고 있었다. 누구에게 빌어야 이뤄질 수 있는 기도일지 모르지만 지금 자신들이 할 수 있는 일은 그것뿐이었다. 그 모습이 부서진 트라멜과 묘하게 어울렸다.

"살아 있었군."

"물론."

강찬석은 카르곤을 타고 돌아오는 오르도 창을 바라보며 말했다.

"많은 사람이 죽었다."

"하지만 그만큼 살아 있는 자들도 있지, 자."

하나둘 집결하는 사람들에게 필립 로엔은 준비해 놨던 물을 건넸다.

오르도 창은 체면도 생각하지 않고 벌컥벌컥 물을 마셨다. 식도를 타고 흐르는 청량감은 이루 말할 수 없었다.

"과연……."

살아 있다는 느낌. 물을 다 마셨을 때 드는 생각이 있었다.

"주군께서 파렐에 간 지 얼마나 되었지?"

"이제 하루가 다 되어가는군."

어느새 찾아온 밤은 트라멜에 짙게 깔려 있었다. 저 탑 안에서는 얼마나 격렬한 전투가 이뤄지고 있을까. 오르도 창은 물 한 모금 제대로 마실 틈이 없을 무열을 떠올리며 쓴웃음을 지었다.

"……."

성벽 위에 팔짱을 낀 채로 서 있는 위그나타르는 미동조차 없이 파렐을 주시하고 있었다. 그런 그를 경계하듯 반대쪽엔 칼룬을 비롯한 드워프들이 서 있었다.

"시간이 걸리겠군."

오르도 창은 여전히 가까워지기 어려운 두 종족을 바라보며 나지막한 목소리로 말했다.

"그럼, 결국 사람들은 과거를 잊게 될 테니까. 이렇게 함께 싸운 것도 언젠간 잊어버리겠지. 하지만 그 전에 그걸 연결해야 하는 것이 너잖아."

강찬석은 그를 바라보며 말했다.

"너무 걱정 마, 그들은 인간보다 오래 사니까 더 오래 이 일을 기억하겠지. 안 그래?"

그때였다.

쿠그그그그그그그그그----!!!

파렐에서 새하얀 빛이 뿜어져 나오며 대륙을 휩쓸었다. 누군가는 두려움에 옆 사람을 꼭 껴안았고 누군가는 그 빛을 차마 바라보지 못한 채 눈을 감았다.

"그리고 우리도 기억해야겠지."

오르도 창은 나지막하게 읊조리듯 말했다.

강찬석, 윤선미, 최혁수, 지웅 슈, 라캉 베자스, 강건우, 필립 로엔, 최은별, 이대범, 이신우, 김인호, 앤섬 하워드, 노승현, 정민지…….

무열의 권세 안에 있던 이들. 그를 비롯해 모두가 쏟아지는 새하얀 빛을 당당히 맞이했다.

세상의 종말.

혹은, 새로운 시작.

둘 중의 하나가 결정되는 순간이었다.

100장
돌아오다

"그 망토를 쓰는 게 무슨 의미인지 알 텐데."

주인이 바뀌자 물음표였던 현신의 망토의 지속 시간이 원래대로 돌아왔다.

무열의 말에 카토 치츠카는 피식 웃었다.

고작 3분이었다. 하지만 단순히 시간의 문제가 아니었다.

"알아. 현신의 망토는 말 그대로 몸 안에 다른 존재를 강림시킬 수 있는 아이템이잖아."

"……."

카토 치츠카는 아무렇지 않게 말했다. 하지만 무열의 눈엔 이미 타락(墮落)으로 오염된 그의 몸에 디아고의 힘이 더해지면 어떻게 될지 결과가 뻔히 보였다.

'죽을 거다.'

이미 자신의 몸이 버틸 수 없다는 것을 알지만 만에 하나 현실로 돌아가게 된다면 타락 역시 사라질 수 있다는 일말의 희망은 가질 수 있었다.

인간은 누구나 죽고 싶지 않으니까.

그 희망을 부여잡고 마지막 싸움에서 도망칠 수도 있었다.

"별난 놈."

무열은 카토 치츠카의 등을 바라보며 낮은 목소리로 말했다.

서로 많은 일을 함께한 것은 아니지만 세븐 쓰론에서 그 누구보다 가장 큰 사건을 함께했다.

'그게 네가 생각했던 마지막 계획이군. 나에게마저 감추고 있던 것.'

그는 고개를 끄덕였다.

카앙!! 캉-!!! 카카카카칵---!!!!

검이 부딪치는 소리가 요란하게 들렸다. 현신의 망토라는 제약이 없어지자 오히려 무열의 전신에 정령왕들의 힘이 물밀 듯이 밀려들었다.

"……?!"

락슈무는 황급히 무열의 공격을 막았다. 지금까지와는 달리 검을 막을 때마다 그녀의 몸이 휘청거렸다.

퍼억-!!

무열이 무릎으로 락슈무의 턱을 올려쳤다. 공중에 떠 있는 상태로 다시 한번 반대쪽 발로 그녀의 머리를 내려쳤다.

콰아아앙……!!

기다렸다는 듯, 카토 치즈카가 바닥에 서막이넌서 쓰러진 그녀를 향해 두 자루의 단검을 뽑아 달려들었다.

"크윽!!"

위협적인 타락의 힘이 느껴지자 락슈무는 고통도 잊은 채 황급히 일어나 그의 검을 막았다.

일천(日天)이 락슈무의 손등을 베었다. 그와 거의 동시에 아래에서 위로 호를 그리며 월현(月玄)이 그녀의 허리를 베었다.

"아아악!!"

날카로운 비명과 함께 공격을 받은 두 곳에서 타들어 가는 듯한 시커먼 연기가 솟구쳐 올랐다.

'할 수 있다.'

무열과 카토 치즈카는 서로를 바라보며 같은 생각을 했다.

[……얼마나 버틸 거라고 생각해?]

[글쎄……. 다 죽어가는 저 녀석보다 더 버틸 수 있으면 다행이겠지.]

[……]

정령왕들은 자신들의 힘이 빠져나가는 것을 느끼면서도 씁쓸한 목소리로 말했다.

지금의 대화는 무열에게 들리지 않을 것이다.

현신의 망토를 벗자 그들은 더 이상 제약 없이 무열에게 힘을 보탤 수 있다는 것을 알았다. 하지만 아무리 뛰어나다 하더라도 결국 인간의 육체. 망토가 없는 지금 그들의 힘을 온전하게 흡수하는 무열은 그 강대한 힘을 버틸 수 없었다. 오히려 현신의 망토를 착용하고 있을 때가 그에겐 안전했다. 강대한 힘엔 그만큼의 대가가 필요하다.

이모탈 러너(Immortal Runner).

그런 무열과 자신들은 이미 하나의 생명으로 연결되어 있었다.

[쿤겐, 적어도 마지막 자리는 너다.]

빛의 라시스는 꺼져 가는 힘으로 그에게 말했다.

[그다음은 나다.]

막툰의 말에 쿤겐은 그를 씁쓸한 표정으로 바라보았다.

[도망친 자들부터 대가를 치러야 하는 것은 당연한 거니까.]

[그런 소리 하지 마라.]

쿤겐이 신경질적으로 말했지만 라시스의 빛은 서서히 꺼지기 시작한다.

소멸(消滅).

완전히 사라짐을 의미하는 것.

"크아아아아아———!!!!"

무열의 외침이 커질수록.

쾅!! 쾅!! 콰가가가강———!!!

락슈무와의 경합이 거세면 거세질수록, 더욱더 맹렬하게 폭음이 터져 나올수록, 하나둘 부열의 생명 대신 성령왕들이 그 자리를 메웠다.

"하아…… 하아……."

점차 자신의 몸이 무거워짐을 느꼈다. 무열은 있는 힘껏 검을 들어 올렸다.

"크아아아아아아!!!!"

이토록 그가 싸우는 이유는 그가 영웅이기 때문이 아니다. 그는 한낱 평범한 사람이었을 뿐.

콰아앙!!!

인류를 구하기 위해서?

카각!! 캉! 캉!!

그것도 아니라면…….

카가가가가강———!!!

모든 것을 불사르려는 듯 몰아붙이는 무열의 공격은 처음과 달리 점차 느려지기 시작했다. 일검, 일검을 받을 때마다 휘청거렸던 락슈무도 안정을 찾기 시작했다.

'내가 틈을 만들어야 한다.'

그럼에도 불구하고 무열은 계속해서 부딪쳤다.

카토 치츠카에게 주어진 시간은 이제 1분이 채 남지 않았을 것이다. 그는 지금 어둠 속에 몸을 감추었다. 타락의 힘을 끌어올리고 또 올려 마지막 한 수를 기다리고 있는 것이다.

"아직……!!"

무열이 숨을 토해내며 타들어 가는 목으로 외쳤다.

"아니, 끝이다."

락슈무는 회심의 미소를 지었다. 그녀의 팔이 움직였다. 그저 천천히 팔을 저었을 뿐인데 마치 시간이 멈춘 것처럼 오직 그녀의 손만이 움직이고 있었다.

그건, 인식할 수도 없을 정도의 빠르기였다.

터억.

락슈무가 검 살해자의 날을 아무렇지 않게 잡았다. 모든 것을 갈라 버렸던 날카로운 검날이 무색하게 락슈무는 아무렇지 않은 듯 맨손으로 그것을 쥐었다.

카륵…… 카르륵…….

검 살해자가 자신을 감싼 그녀의 손아귀에서 벗어나려는 듯 울었다.

그때였다.

락슈무가 나머지 한 손을 일자로 세워 무열의 허리를 찔렀다.

[피해!!!!]

쿤겐의 외침이 들렸다. 무열이 본능적으로 허리를 꺾으며 뒤로 빠져나갔다. 그러나 그것보다 더 먼저 그녀의 손칼이 그에게 닿았다.

콰아아아악⋯⋯!!

그 순간 락슈무의 몸이 마치 감전이라도 된 것처럼 부르르 떨렸다. 그와 동시에 무열은 자신의 몸에서 힘이 쑥하고 빠져나감을 느꼈다.

"빈틈을 만드는 건 좋았는데 네가 직접 미끼가 되면 어떻게 해."

등 뒤에서 들려오는 목소리.

락슈무는 자신을 옭아매는 전격의 힘을 풀기 위해 힘을 주었다.

파앗———!!!

기껏해야 수천분의 1초.

무열을 날려 버리며 전격의 끈을 끊어버린 그 순간.

푸욱–

날카로운 소리가 어둠 속에서 울렸다.

"네가⋯⋯."

락슈무는 지금 상황이 이해가 되지 않는다는 눈빛으로 자신의 허리를 찌른 검은 단검을 바라봤다.

"내가 말했을 텐데. 내 마지막 직업이 뭔지."

히든 이터(Hidden Eater). 숨겨진 모든 것을 포식하는 자. 정령왕 역시 예외는 아니었다.

카토 치츠카는 락슈무를 향해 웃었다. 쿤겐과 계약을 맺은 그는 찰나의 순간 그의 힘을 자신에게 이전시켰다. 단순히 계약만으로는 그 힘을 모두 쓸 수 없었을 것이다. 가능케 했던 것은 바로 현신의 망토.

[제한시간 : 0분]

그의 눈에 붉은색으로 표시되는 메시지창을 바라보며 카토 치츠카는 만족스러운 듯 웃었다.

"……쿨럭."

락슈무가 비틀거리며 뒤로 물러섰다. 타락의 기운이 검을 타고 순식간에 락슈무의 혈관 하나하나까지 퍼지기 시작했다. 그와 마찬가지로 카토 치츠카의 육체에서 검은 액체가 빠져나가듯 흘러나왔다. 그러자 그의 육체 역시 빠르게 세월이 흘러간 것처럼 수분이 빠져나가 가죽만 남았다.

"마무리는 내가 하지."

현신의 망토의 발동 시간이 끝남과 동시에 디아고는 지금 이 순간을 기다렸다는 듯 락슈무를 끌어안았다. 하지만 그건 결코 아들이 어미를 사랑해서 하는 포옹이 아니었다.

좌아아악……!!

그 순간, 그녀의 머리가 사정없이 뽑혔다. 피와 같은 검은 연기가 잘린 상처를 통해 뿜어져 나왔다.

"크…… 크하하하하하!!!"

디아고는 이 광경에 미친 듯 웃었다. 그의 웃음소리 뒤로 카토 치츠카는 손바닥을 펼쳐 보았다. 락슈무가 그랬던 것처럼. 손금 사이사이부터 전신을 훑는 혈관 어느 곳에도 이제 타락에 의한 흑혈(黑血)이 존재했다.

'끝인가.'

누구보다 자신의 상태를 잘 알고 있는 카토 치츠카는 조용히 눈을 감았다.

[이봐, 인간.]

"음?"

[이름이 뭐냐.]

"카토 치츠카."

쿤겐은 무열 이외에 인간에게 관심을 가지지 않았었다. 어쩌면 처음일지 모른다. 그 스스로 인간의 이름을 물어보는 일이.

[그 짧은 순간에 이런 거래를 하다니. 너도 저 녀석만큼이나 정말 미친놈이군. 하긴…… 그러니 타락을 가진 반신과 계약을 했겠지. 괜찮은 놈이다. 이번이 아니라 언젠가, 수많은

윤회 끝에 한번쯤 너와 인연이 닿을지도 모르겠군.]

"정령왕이 그런 소릴 하다니 기분 나쁘진 않은데."

[언젠가 네 몸에 우레가 깃들지어다.]

사라져 가는 카토 치츠카가 쿤겐의 말에 피식 웃었다. 타락으로 물든 그의 육체는 마치 타버린 잿가루처럼 흩날리기 시작했다.

쿤겐은 흩어지는 형체를 가까스로 유지하며 무열에게 마지막 말을 남겼다.

[이봐, 애송이. 즐거웠다.]

그 역시 이제 사라져야 할 시간이었다.

"안 돼…… 안 돼!!! 기다려! 치츠카!! 쿤겐!!"

콰가가가가가가강———!!!!

콰가가가강———!!!

파렐 안에 있던 모든 것이 무너지기 시작했다.

"그래, 약속은 지켜야지."

락슈무의 머리를 끌어안고 있는 디아고는 무열을 향해 말했다.

"돌려보내 주마, 원래 살던 곳으로."

그 순간.

독사(毒蛇)의 혓바닥처럼 그의 혀가 빠르게 요동쳤다.

"물론, 그곳이 지옥이 아니라곤 말하지 않았다."

"뭐?"

"크하하하하하!!"

디아고의 광적인 웃음소리가 들렸다.

새하얀 빛.

무(無).

"디아고----!!!!!"

그 속에서, 무열의 외침만이 울려 퍼졌다.

눈을 떴다.

아무렇지 않게, 너무나도 자연스럽게 눈이 떠져서 이상한 기분. 주먹을 쥐었다가 펴보고 고개를 이리저리 꺾어봤다. 최혁수는 마치 꿈을 꾼 게 아닌가 싶었다.

공부하던 책상, 벽에 붙어 있는 포스터들, 익숙한 천장, 잊고 있었던 이불의 감촉까지…….

"……돌아왔다?"

믿을 수 없었다. 아니, 실감이 나지 않는다고 하는 게 맞을 것이다. 최혁수는 한동안 입을 다물지 못한 채 멍하니 침대에 누워 있었다. 불세출의 천재라 불리던 그조차 지금 이 변화를 받아들이기 힘들었기 때문이다.

꾸욱.

그는 멍하니 자신의 뺨을 잡아당겼다.

"아얏."

느껴지는 통증도, 보이는 것도, 이 몸도…… 모두 진짜였다. 꿈이 아니다. 그리고 그런 모든 감각을 차치하고서라도 밑에서 들려오는 요란한 소리가 최혁수에게 와닿았다.

와락———!!!!

"혁수야!!!!"

문을 열고 들어오자마자 자신을 끌어안는 여성.

"엄마……?"

그제야 그는 자신이 생각했던 의문과 의혹이 거짓이 아니라는 것을 직감했다. 모든 게 거짓말처럼 느껴지던 감각조차 한순간에 느껴지는 엄마의 내음에 현실이 되는 순간이었으니까.

"돌아왔어!! 돌아왔다고!!!"

울먹이는 엄마의 얼굴.

와락 자신을 끌어안는 엄마의 두 눈에서 눈물이 쏟아져 그의 어깨를 적셨다.

"어…… 엄마! 엄마!!"

최혁수는 그제야 봇물 터지듯 울며 엄마를 외쳤다.

그 역시 수많은 전장 속에 서 있었지만 기껏해야 고등학생 티를 이제 막 벗어난 아이였을 뿐이니까.

그때였다.

콰아아아아앙———!!!!!

집 안 전체가 흔들렸다.

아니, 세상을 뒤흔들 정도의 강렬한 폭음이 터져 나왔다.

"무, 무슨……."

현실로 돌아왔다는 기쁨도 잠시, 최혁수는 창밖으로 쏟아지는 새하얀 빛에 눈을 돌리고 말았다.

"꺄아아악……!!"

"아, 안 돼!!"

그 순간, 밖에서 들려오는 비명들에 그는 자신도 모르게 온몸에 소름이 돋는 기분이었다.

최혁수는 황급히 창문의 블라인드를 걷었다.

"……!!!!"

그의 동공이 흔들리며 그는 믿을 수 없다는 표정으로 중얼거렸다.

"말도 안 돼……."

쇄아아아아악———!!!

새하얀 빛 사이로 강렬한 바람이 휘몰아쳤다. 빛무리는 마치 연기처럼 빠르게 흩어졌다.

그리고 그 뒤로 보이는 것.

다시는, 절대로, 꿈에서라도 보고 싶지 않았던 형체.

꿀꺽.

최혁수는 자신도 모르게 마른침을 삼켰다. 전신을 타고 흐르는 극도의 긴장감. 세븐 쓰론에서 수백만 군을 이끌었던 책사조차 지금 이 사태를 어떻게 생각해야 할지 몰랐기 때문이다.

파렐(Pharel).

이 세계에서는 절대로 존재하지 말아야 할 그 끔찍한 탑이 지금 인류의 눈앞에 다시 나타났기 때문이다.

"사…… 살려줘!!"

"안 돼!!!"

그것을 본 순간 발작을 하듯 모든 사람이 미쳐 날뛰기 시작했다. 그럴 수밖에. 수많은 사람을 죽음으로 몰아갔던 원흉이 있는 곳이었으니까.

"끝나지 않았어……."

지금, 세상은 혼란에 빠졌다.

최혁수는 부들부들 떨리는 손으로 말했다.

"대장."

"크…… 크크크…… 크하하하하하하하!!!"

미친 듯한 웃음소리가 들렸다.

어둠 속에서 커다란 화면으로 지구에 나타난 탑을 바라보며 디아고는 재밌어 죽겠다는 듯 배를 잡고 바둥거렸다.

"이거야, 내가 원했던 게. 어머니 보이십니까? 진짜 절망에 찬 얼굴은 바로 저런 겁니다."

그는 말했다.

"당신의 방법은 너무 고리타분했어. 무대를 좀 더 확장시킬 필요가 있었지. 반전은 결코 같은 무대에서 하면 안 되는 거지. 내가 당신의 자리에 앉으면 가장 먼저 하고자 했던 일이었어."

디아고는 자신의 앞에 떨어져 있는 락슈무의 머리를 집어 들었다.

"어머니, 당신이 왜 이런 유희를 했는지 조금은 이해됩니다. 지구로 돌아간 인간들의 눈앞에 파렐을 세웠을 때의 짜릿함이란."

그의 입술이 씰룩거렸다.

"크…… 크히힛……."

날카로운 이빨이 도드라졌다.

"참을 수 없을 정도로 즐거웠으니 말입니다."

그러고는 입맛을 다시듯 말했다.

"아직은…… 아니지만 어머니의 사체가 사라지게 되면 모든 힘이 나에게로 이전되겠죠. 이제 이 차원의 주인은 접니다."

그녀의 머리 위에 떠 있는 디멘션 스파이럴을 바라보며 디아고는 혀를 내밀었다.

마치, 그 시절 뱀이 사과를 바라보는 것처럼.

"세계를 창조하고 관리할 수 있는 차원력(次元力). 확실히 대단해. 타락에 물들었음에도 불구하고 저 힘이 끈질기게 당신의 생명을 붙잡고 있으니 말야."

디아고는 락슈무의 잘린 머리를 바닥에 내려놓았다. 갈기갈기 찢긴 몸뚱이는 더 이상 형체를 알아보기 힘들었다.

"하지만 이제 곧……."

남은 건 정말 그녀의 머리뿐이었다. 그는 화면 속에서 들리는 비명을 가볍게 흥얼거리며 말했다.

"자아! 더욱, 더욱 절망해라."

저벅- 저벅- 저벅-

그때였다. 들려오는 발소리.

"……!!!"

디아고의 눈빛이 달라지며 황급히 고개를 돌렸다.

"이거였나."

어둠 속에서 들려오는 차가운 목소리에 그의 눈썹이 씰룩였다.

"네가 원한 게."

절대로 들어올 수 없는 이 공간에 난입한 이방인의 목소리가 너무나도 익숙했기 때문이다.

"하찮군."

"너…… 네가 왜……?"

"'어떻게'라고 묻는 게 맞겠지."

날카로운 안광(眼光).

키릭…… 키르릭…….

떨리는 검날이 마치 디아고를 비웃듯 떨렸다.

강무열. 지구로 돌아갔어야 할 그가 아무렇지 않게 디아고를 향해 검 살해자를 겨누었다.

"네가 그랬지. 권좌 전쟁(權座戰爭)의 승자에게 락슈무는 단 하나의 소원을 약속한다고. 그건 이 지랄 맞은 놀이에서 유일하게 이뤄지는 한 가지지."

"무슨……."

무열이 조금 더 가까이 그에게 다가갔다. 그러고는 속삭이듯 말했다.

"내가 과연 락슈무에게 무슨 소원을 빌었을까?"

우득.

디아고의 뺨이 기괴하게 꿈틀거렸다.

"단 한 명. 내가 원하는 때에 신을 제외한 단 한 명만을 죽일 수 있는 힘을 달라고 했다."

"……뭐?"

"별거 아니지. 대단하신 신의 입장에서 자신을 제외한 나머지는 결국 개미, 아니, 티끌만도 못한 존재니까."

무열은 반쯤 사라진 락슈무의 머리를 바라봤다.

"흔쾌히 들어주더군. 오히려 내게 되묻던데, 고작 그런 소원으로 괜찮겠냐고. 나라면 대륙에 있는 그 누구도 죽일 수 있을 텐데 하고 말야."

그가 한 걸음 더 가까이 다가왔다.

"고작 그런 소원. 그럴지도 모르지. 하지만 만일의 경우를 대비해야 했지. 행여나 내가 가진 이 힘이 사라질지도 모르니까 말야."

그 순간 디아고는 자신도 모르게 두 걸음 뒷걸음질 쳤다.

"충분했다. 아니, 차고 넘쳤지. 네 머릿속에 나온 계획만으로도 그녀를 죽이기엔. 하지만 처음부터 내 목표는 락슈무가 아니었거든."

검 살해자의 날이 디아고의 목에 닿았다.

"바로 너."

디아고는 미친 듯이 소리쳤다.

"우…… 웃기지 마!!!!!"

검을 뿌리치고 도망치려고 했으나 이상하게 그는 꼼짝할 수 없었다.

"알잖아? 그게 규율이라는 것. 락슈무가 만든 절대 규칙."

디아고의 눈동자가 천천히 아래로 떨어졌다. 이제는 거의 다 사라져 눈알만 남은 락슈무의 시체가 그를 바라보고 있었다.

마치, 살아 있는 것처럼.

"아직 넌 신이 아니잖아? 너 역시 그녀의 그림자 아래에 있다."

기껏해야 몇 초.

락슈무의 존재는 완전히 사라질 것이다. 자신을 얽매던 지긋지긋한 신의 굴레에서 이제 벗어나 자신이 세계 위에 군림할 수 있게 되기까지 고작 몇 초밖에 남지 않았다.

디아고는 락슈무의 눈알을 바라보고 다시 한번 무열을 바라봤다. 억겁의 시간을 기다려 왔건만 고작 그 몇 초를 지켜내지 못한 그였다. 차가운 검의 냉기가 자신의 목을 점차 파고들고 있음을 알았다.

"……."

그는 마지막 숨을 토해내듯 말했다.

"빌어먹을."

서걱―

검 살해자가 디아고의 목을 베었다. 지금 이 현실을 믿을 수 없다는 듯 눈을 감지도 못한 채 그의 머리가 바닥에 떨어졌다.

"……."

무열은 디아고의 잘린 머리를 있는 힘껏 밟았다. 마치 유리 파편처럼 사방으로 작은 조각들이 부서지며 흩뿌려졌다. 그와 동시에 락슈무의 눈알 역시 완전히 사라지며 남은 것은 그 자신과 어둠뿐이었다.

우우우웅…….

아니, 그리고 또 하나. 공중에 떠 있는 소용돌이 안에 작은 보석이 하나 있었다. 디아고가 그토록 가지고 싶어 했던 차원력이 응축되어 있는 원석. '디멘션 스파이럴'이었다.

무열은 그 보석을 물끄러미 바라봤다.

강렬한 유혹. 신의 영역에 도달할 수 있는 방법. 무엇이든 가능케 하는 힘.

파즉-!!!

하지만, 무열은 한 치의 망설임도 없이 디멘션 스파이럴을 부숴 버렸다. 그러자 그를 짓누르던 어둠이 유리 조각처럼 깨졌다.

아래를 내려다보았다. 익숙한, 아니, 그리웠던 풍경이었다. 저 멀리 높은 고층 빌딩들이 즐비하고 아래는 거미줄처럼 복잡하게 도로가 나 있는 곳. 그가 있었던 곳, 그곳은 다름 아닌 현실의 파렐이었다.

다시 한번 그는 파렐을 무너뜨렸다. 세븐 쓰론이란 이계가 아닌 현실을 지옥으로 만들려고 했던 그것을.

숨을 크게 들이마신다. 똑같은 공기지만 똑같지 않았다. 평범한 일상. 지금까지의 모든 것이 꿈같았다. 보상은 그걸로 충분하다.

그의 입꼬리가 살며시 올라갔다. 무닐은 시큭한 여행 끝에 그토록 원했던 한마디를 토해냈다.

"돌아왔다."

바스락- 바스락- 바스락-

유리 파편 같은 조각들이 발에 밟히는 소리가 들렸다. 장갑을 낀 손이 닿자 부서진 조각들이 소용돌이를 일으키며 하나둘 맞춰지기 시작했다.

디멘션 스파이럴(Dimension Spiral).

디아고가 흡수를 하려다가 실패한 차원력은 여전히 그 자리에 그대로 남아 있었다. 무열은 그것을 부쉈다고 생각했지만 남은 잔해는 여전히 그 힘을 간직하고 있었다. 형체는 중요치 않았다. 차원이 존재하는 한 차원력은 존재할 수밖에 없다.

소용돌이를 바라보는 가면 속의 눈빛이 빛났다.

"흐음…… 이모탈 러너라……. 하필이면 그 직업을 얻게 될 줄이야. 그 남자의 빈자리가 있었다는 걸 나도 계산하지 못했어. 세상일은 정말 알 수 없군."

그는 어둠 속을 통과하는 차원문 아래를 내려다보았다. 여느 때와 다름 없는 서울의 풍경이었다.

그가 어둠 속에 떨어져 있는 검 살해자를 집어 들었다.

우우웅…….

살아 있는 듯 검날이 떨렸다.

"강무열, 블레이더가 아닌 평범한 삶을 선택한 것에 박수를 치고 싶지만…… 네가 얻은 그 직업으로 인해 너 역시 굴레에서 벗어날 순 없을 것이다."

그가 품 안에서 작은 물체를 꺼냈다. 그러자 홀로그램처럼 푸른빛을 내는 화면 속에서 탑을 축소시킨 영상이 나타났다. 그중에 몇몇 곳은 텅 비어 있었고 또 몇몇 곳은 붉은색으로 칠해져 있었다.

지이이잉―

기계 안으로 원석을 집어넣자 탑의 한 칸이 붉은색으로 변했다.

"차원력 회수 완료. 보는 바와 같이 67―B―FG 차원 지구는 파렐이 생성되기 전에 끝이 났다."

―최수현, 알겠으니 어서 빨리 돌아와. 네가 세븐 쓰론에 관여하는 것까진 눈감아줬지만 그쪽 지구의 파렐까지 관여했다면 정말 가만두지 않았을 거야.

귀에 꽂은 이어폰에서 들려오는 앙칼진 목소리. 가면 속에서 옅은 미소가 느껴졌다.

"다음은 어디지."

그는 작은 석판 하나를 품에 꺼냈다. 오래된 석판에는 검 무덤에서와 같은 기묘한 그림 하나가 그려져 있었다.

"좋아."

철컥―

우우우우웅―

그는 들고 있던 대검을 등에 꽂아 넣었다.

"지금의 삶을 즐겨라, 강무열."

검의 중심에 만들어진 코어가 푸르게 빛나기 시작했다.

"블레이더가 모일 날이 곧 온다."

.The end

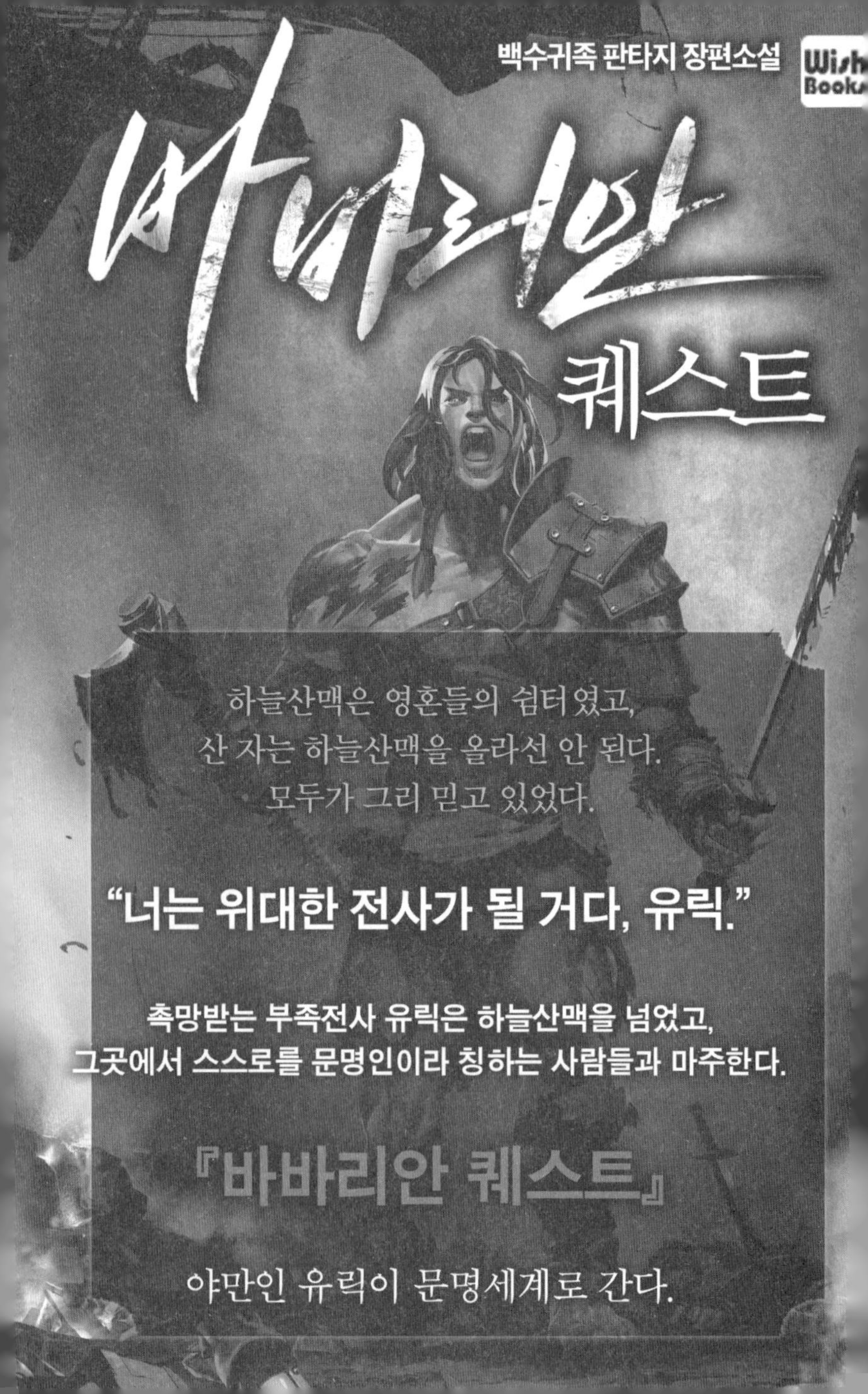
백수귀족 판타지 장편소설
Wish Books
바바리안
퀘스트
하늘산맥은 영혼들의 쉼터였고,
산 자는 하늘산맥을 올라선 안 된다.
모두가 그리 믿고 있었다.
"너는 위대한 전사가 될 거다, 유릭."
촉망받는 부족전사 유릭은 하늘산맥을 넘었고,
그곳에서 스스로를 문명인이라 칭하는 사람들과 마주한다.
『바바리안 퀘스트』
야만인 유릭이 문명세계로 간다.

채널마스터

CHANNEL MASTER

할아버지 집 창고 정리 중 찾아낸 텔레비전.
그런데 이놈 보통 텔레비전이 아니다.

[채널 마스터 시스템에 접속하였습니다.]
[사용자의 정보를 분석합니다.]
[필요로 하는 채널을 업데이트합니다.]

경험을 쌓아서 채널을 더 확보해라!
그 채널이 고스란히 네 능력이 되어줄 테니.

Wish
Book

검신 사냥꾼

온후 퓨전 판타지 장편소설

최후의 영웅.
500명의 영웅 중 살아남은 건 오한성뿐이었다.

그리고 그마저 모든 것을 놓은 순간

과거로 돌아왔다.

목숨을 걸어야 한다면 걸겠다.
그것이 이 모든 좌절과 절망을 지워 버리는 길이라면,
더 이상 영웅이 아닌, 승리를 위한 악당이 되겠다!

"준비는 끝났다."

영웅과 악당, 신과 악마, 모든 변화의 중심.
그의 일대기에 주목하라.